엄마는 나쁜 년이다 2

엄마는
나쁜 년
이다

2

글 여리사 | **사진** 이우연

좋은땅

거머리

Bloodsucking leech

"그냥 주고 보내자니까."

"여보! 정말 몰라서 그래?" 아빠는 말이 없다. 거실 소파에 앉아서 아빠를 바라보는 삼촌이 뻔뻔스럽다.

또 시작이다. 엄마 형제들은 우리 집이 무슨 자선 단체인 줄 착각하는 듯하다.

늘 아쉬울 때 우리 집으로 찾아와 바닥에 무릎 꿇고 아빠에게 빌어 간다.

첫 번째 삼촌은 돈을 받아 시내 어딘가 식당을 차렸고 둘째 삼촌은 식당 옆에 커피숍을 차렸고 마지막 삼촌은 낯짝도 두껍게 여러 번 말아 먹고 또 찾아와 저러고 있다.

어릴 적 일찍 부모를 잃은 우리 엄마는 어린 동생들을 데리고 갖은 고생을 다해 먹이고 입히고 학교까지 보내 주었건만 성인이 된 지금도 툭하면 집으로 와 저렇게 삥을 뜯어 간다.

속상한 건 엄마보다 아빠다. 아빠가 더 속상해하는 이유는 그런 엄마의 마음이 안쓰러워 거머리 같은 삼촌들을 도와주는 거다.

특히 막내 삼촌이 제일 가관이다. 그렇게 사고를 치고 다니다가 운전병으로 입대한 지 얼마 되지도 않아 군대에서 탈영을 했었고 그 뒤처리도 아버지가 변호사를 고용해서 해결하고 벌을 달게 받도록 도와주셨다. 그때 삼촌은 분명히 아버지에게 다시는 이런 일이 없을 거라는 약속을 했었고 자신의 머리카락을 뽑아 신발을 만들어 신겨 드리고 싶다며 닭똥 같은 눈물을 흘리며 용서를 빌었었다.

머리카락으로 신발을 왜 만들어 주지?

생각만 해도 섬찟하고 무서웠던 기억이 난다.

엄마는 지긋지긋하다면서 방으로 들어가셨고 아빠는 삼촌과 거실에 앉아 있다.

아빠가 이번에는 무엇을 해 볼 건지 진지하게 물어 본다.

이미 여러 차례 말아 먹은 걸 보면 삼촌에게 맞지 않은 일이었거나 지식이 부족하니 신중해야 한다고 설명 중이다. 삼촌도 스스로 인정한다며 마지막 투자를 부탁 중이다.

막내 삼촌은 삼촌들 중 가장 잘생겼다. 덕분에 여자가 끊이지 않았고 가끔 가정이 있는 여자와 바람을 피다 여자 남편에게 매를 맞거나 도망을 다니기도 했었다.

물론 그때마다 우리 엄마, 아빠가 뒤처리를 하셨다.

내 개인적인 생각으로는 인간은 안 변한다고 본다.

삼촌을 보면 무슨 짓을 하고 다니는지 본인 스스로 인지가 안 되는 지능이 낮은 사람이다.

엄마는 속이 상해 하루 종일 이불 속으로 들어가 얼굴을 볼 수가 없다.

그 모습이 생텍쥐페리의 『어린 왕자』에서 읽었던 코끼리를 소화하는 뱀인지 남자 모자인지 하여간 그렇게 생겼다.

불쌍한 엄마를 보면서 평탄한 가족은 대체 어떤 분위기일까 궁금하기도 하다.

나는 우리 집의 첫째이자 막내딸이다. 아빠 이름과 엄마 이름을 한 자씩 따서 민지로 붙였는데 아이를 많이 낳고 싶었던 아빠와는 달리 엄마가 원하지 않아서 나 하나만 낳았다고 했다.

하여간 이럴 때마다 엄마는 가족이 지긋지긋하다고 했다.

성인이 되어도 거머리처럼 쫙 달라붙어 엄마, 아빠의 피를 빨고 있는 엄마의 형제들을 보면 공감 100퍼센트다.

그런다고 내가 어쩌겠는가? 그냥 나는 하던 거 하면서 살아야지.

공부는 원래 관심 없다. 바닥을 기는 성적이지만 키 168에 50키로인 나는 종종 연예인 하라는 소리를 듣는다.

조금 더 크면 가볍게 얼굴 좀 고쳐서 걸그룹이나 한번 해 볼까? 생각 중이다.

저녁 시간이 다 되었는데 엄마가 저러고 있으니 아빠가 저녁을 사 주시겠지?

늘 그렇듯 아빠는 먹고 힘내야 한다며 엄마를 끌고 나가 엄마가 좋아하는 새콤달콤한 회냉면과 직화 불고기를 쏘겠지.

그리고 내 친구 우연 삼촌이 운영하는 커피숍 '쏘냐'로 가서 달달한 꿀 라떼로 마무리하고 엄마 손 꼭 잡고 집으로….

아빠는 진짜 엄마를 사랑한다. 어떨 때는 집착인가? 싶을 만큼 엄마에게 충성한다. 우리 집은 아빠가 엄마를 두고 바람을 피울 거라는 상상은 해 볼 수가 없는 곳이다.

다음 날.

학교 가는 길 버스 정거장 앞에서 우연이를 만났다. 우연이는 버스를 타지 않는다.

우연이는 그 일이 생기고부터 천천히 걷기 시작했고 그 속도는 TV에서 본 나무늘보와 흡사했다.

아빠, 엄마가 이혼했다는 말은 안 하는데 소문에 의하면 엄마가 아빠의 절친과 바람이 났다고 한다. 놀랍게도 그 절친이 우리 부모님도 자주 가는 바로 그 쏘냐카페 사장님이다.

인상 좋고, 친절하고, 커피 맛 좋기로 유명한 동네 카페 사장님이 내 절친인 우연이 엄마와 그렇고 그런 사이라는 게 믿기지도 않지만 징그럽기 그지없다.

덕분에 전교 1등만 하던 우연이는 전교 꼴찌로 추락했고 매번 전교 2등을 하던 옆 반의 예진이는 우연이를 이겼다며 친구들과 파티를 했다는 소문도 있었는데 SNS에 올라온 인증샷을 보며 모두들 입을 모아 같은 말을 했다.

"그건 모르는 소리지….”

이긴 게 아니라 주워 먹은 거지. 우연이는 학교에서도 유명한 천재 소녀다.

해마다 열리는 미술 경시 대회에서 대통령 대상을 받고 수학, 과학 경시 대회에서 고1 학생이 고3까지 통틀어 모두를 제치고 1등을 하려면 어느 정도 수준인지 잘은 모르지만 뭔가 천재적이지 않을까?

하지만 지금은 학교에 오면 그냥 엎드려 잠만 잔다.

불쌍한 우연이를 보면 그나마 우리 집이 나은 것 같기도 하다는 생각을 종종 한다.

우연이를 불러 세운다.

"야! 우연아! 같이 가자!"

나무늘보처럼 걷던 우연이가 슬쩍 나를 본다.

웃는 건지 우는 건지 알 수 없는 미소로 잠시 나를 보다가 그대로 서서 땅만 보고 있다.

"우연아! 같이 가자." 말이 없다. 우연이가 안됐다는 생각뿐이다.

"아침은 먹었냐?" 고개를 젓는다.

"우연아 우리 뭐라도 먹고 갈까?" 건너편에 보이는 편의점으로 우연이를 데리고 들어간다.

나는 바나나 우유와 프로틴 바를 골랐고 우연이는 보리차를 집어 든다.

"우연아 빵 먹어! 아님 우유!" 여전히 고개를 젓는다.

하기사 밥맛이 있겠냐….

소문이 사실이라면 밥맛이 확 떨어지겠지. 아빠 친구와 바람 난 엄마와 한집에 사는데….

우연이 덕분에 버스를 못 타고 학교로 함께 걸어간다. 가파른 언덕을 보면서 늘 같은 생각을 한다.

왜! 언덕 꼭대기에 학교를 지었을까? 여름에는 땀이 물냉면 육수만큼 줄줄 흐르고 겨울에는 한 발 한 발 떼기가 무서운 미끄러운 이 험난한 언덕 위에 학교를 지은 그 사람들을 이해하지 못하겠다.

숨이 찰 즈음 학교 앞에 줄지어 서 있는 선생님들의 필요 없는 눈치와 잔소리가 메아리친다.

특히 체육 선생은 알 수 없는 음침한 눈으로 학생들을 보는데 진짜 밥맛없다.

나이도 꽤나 있고 머리까지 벗겨져 영화 속에서 봤던 반지의 제왕 골룸같이 생겨서 말이다. 어리다고 우리가 모르겠는가? 어제 마신 술이 덜 깼나? 얼굴은 늘 벌겋게 익어서는 초점 없는 눈으로 여자애들 다리랑 가슴 보는 거 다 안다.

슬슬 웃으면서 침 흘리는 체육 선생 면상에 대고 우연이는 광기 어린 눈으로 거품을 물며 말했다. "쓰레기 같은 새끼!! 숟가락으로 눈깔을 파야 한다."고 중얼거린다.

그래서 우연이가 친구지만 가끔은 무섭다.

그렇게 교실로 오면 나는 책상에 앉아 거울을 보고 우연이는 엎드려 자기 시작한다.

깨우기 전까지 우연이는 절대로 일어나지 않는다.

선생님들은 안타까워하면서도 그 누구도 우연이와 단독 면담을 하지 않았고 그대로 방치했다. 그런 태도를 보면 선생님들은 학생의 미래는 뒷전이고 시간만 채워 월급만 받아 가는 사람들 같았다.

하긴! 지랄 맞은 부모들이 잊을 만하면 한 번씩 학교로 찾아 와서 난장판 치는 꼴을 보는데 그 누가 집안일에 참견하고 아이를 위한 상담을 해 주겠는가?

얼마 전 수업 시간 중 남친과 영상 통화하는 애를 선생님이 야단을 쳤는데 다음 날 걔네 엄마가 학교로 찾아와서 니가 뭔데 우리 애한테 이래라저래라 하냐며 선생님 멱살을 잡았던 일을 생각하면 아예 시작도 하지 말아야지…….

우리 부모 세대에는 때리고 벌세우고 돈 봉투 바라며 갑질했던 선생들의 제자가 이제는 학부모가 되어 아이들을 데리고 와서 갑질한다.

그렇게 인생은 돌고 돌며 또 다시 부메랑으로 나에게 돌아온다는 거다. 과연 이 연결 고리를 누가 끊어 줄 수 있을까?

투표할 즈음이 되면 TV에 나와 새로운 세상을 만들자는 정치인들과 교육인들은 늘 뭘 바꾸자며 자기를 찍어 달라는데 결과적으로는 거짓말이거나 자기 욕심 채우다 죄를 걸려 감옥으로 가는 그 사람들을 뉴스에서 보다 보면 불가능이라는 생각이 더 지배적이다.

우리 집만 봐도 그렇지 않은가….

엎드려 자던 우연이는 미동 한 번 없다가도 마지막 종이 울리면 그 누구보다 먼저 벌떡 일어나 풀지도 않은 가방을 다시 그대로 메고 시체처럼 걸어 나간다.

나는 알고 있다. 우연이는 자는 게 아니다. 모든 걸 다 귀로 본다. 우연이를 뒤따라간다. 우리는 같은 동네에 살지만 버스를 잘 타지 않는 우연이 대신 옆 반 남자 사람 친구 재우랑 재현이랑 종종 같이 가곤 한다.

둘 다 엄청 깐죽거리는 스타일이지만 늘 용서가 된다. 왜냐하면 예쁜 사람은 보호되어야 한다며 정문 앞에서 늘 나를 기다리기 때문이다. 유치원부터 초등학교 중학교까지 우리는 반은 달랐지만 함께 주욱 자랐다.

재우와 재현이가 친한 이유는 아마도 한 부모 가정이라 그런 거 같다.

재현이 엄마가 외국인이었는데 내 기억으로는 필리핀? 눈이 크고 예쁘고 영어도 잘했다. 영어 공부방에서 교사로 일하다가 어느 날 갑자기 사라졌고 그 이유가 몹시 궁금했다. 하지만 물어보지 않았다.

재우는 어릴 때부터 할머니 할아버지가 키우시는 듯했는데 역시 부모에 대해 물어보지 않았다.

재우는 할머니에게 사랑을 많이 받는다. 그래서 그런지 부족하지만 뭔가 부족하지 않은 아이였고 재현이는 분명히 어두운 구석이 보였다. 특히 술만 마시면 아버지가 주정을 부렸고 그때마다 매를 맞는 듯 온몸에 멍이 든 모습이 늘 마음이 쓰였다.

술이 원수인지 사람이 원수인지 나는 잘 모르겠다.

다만 책임감이라고는 1도 없는 어른들이 이해 안 갈 뿐이다.

이렇게 보면 그나마 내가 가장 가족적인 분위기로 사는 듯하다. 물론 삼촌들이 집으로 와서 하이에나처럼 아빠의 돈을 뜯어 가지만 말이다.

자신의 존재도 감당 못 하는 주제에 결혼은 왜 하며, 자식은 왜 낳고 사는지….

아마 우리 반에 한 부모 가정으로 사는 애들이 꽤나 많은 듯했지만 다들 내색을 하지 않을 뿐이다.

물론 한 부모 가정 가족이 나쁘다는 게 아니다. 어른 누군가가 아이를 사랑으로 키운다면 그게 누가 되었든지 상관없이 아이는 바르게 자란다고 생각한다. 한 사람만이라도 제대로 된 어른 말이다.

문제는 그 한 사람이 없다는 현실과 상처받는 아이들이 자라 또다시 부메랑이 되어 세상에 녹아 난다는 거다. 한심한 인간들 생각을 하며 집 앞으로 걸어간다.

아파트 입구에 서자 트러블 메이커 세 번째 삼촌이 분주하게 움직이는 게 보인다. 뭔가를 계속 차에 실어 나르는 중인데 어딜 가는 걸까?

삼촌을 불렀다. "삼촌!"

내 목소리를 듣고 잠깐 멈춰 서더니 더 빠르게 우리 집 쪽으로 움직인다.

뭐지?

우리 집은 아파트 1층이다. 시끄럽게 사람들 오고 가는 소리가 다 들리는 1층이지만 우리 엄마는 아이들 좋아했고 나름 괜찮은 영문과를 나온 덕분에 영어 유치원을 했었다.

내가 어릴 때 잠깐 하셨다가 어느 날부터 집 안에 물건이 하나둘씩 없어지자 문을 닫았다고 한다.

삼촌의 손버릇을 알고는 있었지만 뻔뻔한 삼촌은 어린 아이들과 부모를 의심하고 탓하며 자신의 떳떳함을 주장했지만 동네 전당포 주인을 통해 삼촌의 만행임을 알게 되었고 그 거짓말이 엄마를 괴롭혔다. 그를 지켜보던 아빠가 하루아침에 유치원을 닫고 모든 친인척들을 사절했었다.

공동 현관 키를 대고 복도로 걸어간다.

우리 집 대문이 확 열려 있다. 삼촌이 신발을 신은 채 안방에서 엄마의 물건들을 잡히는 대로 들고 나온다. 뭐지? 우리 이사라도 가는 건가? 아니지. 그럼 아빠가 이사 업체를 불러서 포장을 하든지 최소한 나에게 이야기하지 않았을까? 뭐지? 삼촌을 불렀다. "삼촌! 뭐 해?"

삼촌은 눈 하나 깜짝하지 않고 하던 일을 계속 했다.

"삼촌! 뭐야! 뭐하는 짓이야! 신발은 왜 안 벗어?" 순간 섬뜩한 삼촌의 눈을 봤다. 마치 이것 모두가 내 것이고 내 것을 다시 찾아가는 그런 사람처럼 흰자가 가득 찬 눈….

엄마에게 전화를 건다. 신호는 가지만 받지 않는다. 다시 아빠에게 전화를 건다. 바로 아빠가 받았다. "응 우리 딸!" 다정한 아빠의 목소리를 뒤로한 채 "아빠! 삼촌이 안방에서 엄마 아빠 물건 막 들고 나가는데! 아빠가 시켰어?" 짧은 순간 한동안 말이 없다. "아빠! 삼촌이 미쳤나 봐! 신발도 안 벗고 들어와서 자기 차에 막 실어 나르고 있어!" 통화 중인 나를 툭 치고서 삼촌이 지나간다.

순간 이 개새끼야!라고 소리칠 뻔했다. 와….

아빠는 전화를 끊었다. 삼촌은 마지막으로 거실에 있던 아빠 골프채랑 홀 인 원 기념으로 친구들에게 받은 순금 트로피를 챙긴다. 그걸 보는 나는 참을 수가 없었다. "삼촌! 미쳤어? 이거 아빠 거잖아. 왜 가져가는데!" 삼촌 손에 있던 트로피를 빼앗았다. 삼촌은 나를 보며 시뻘겋게 달아오른 목으로 뭐라고 할 듯 서 있다가 그냥 골프채만 들고 나갔다.

손이 덜덜 떨린다. 실은 한 대 맞을 것 같은 두려움과 분노가 함께 섞여 주체할 수가 없었다. 바로 엄마와 아빠가 들어왔다. 엄마는 입구에 서서 혼이 나간 사람처럼 어지러운 집을 보고 있었고 아빠는 빠르게 나에게 달려왔다.

순간 참고 있던 눈물이 터져 나왔다. 엉엉 우는 나를 아빠가 꼭 안아 주었다. "우리 딸…."

아빠의 얼굴을 보며 아빠의 유일한 자랑이었던 홀 인 원 트로피를 보여 주며 말했다. "아빠 이건 내가 지켰어." 눈물이 흐른다.

나는 그날의 아빠 얼굴을 평생 잊지 못했다. 세상 다 잃은 아빠 표정에서 세상 다 얻은 표정으로 바뀐 나를 바라보던 그 눈빛과 미소….

홀인원 트로피

Hole-in-one trophy

장례식장이다.

바로 우리 아빠의 장례다. 꽤나 많은 사람들이 왔다. 부조도 많은 것 같았지만 그것까지 빚쟁이들이 지키고 앉아 못 받은 돈을 챙기고 있다. 심지어 계좌로 이체되는 돈도 꼼꼼하게 챙기고 있다. 그중에 삐쩍 마른 아저씨가 장례 비용은 우리가 내겠다고 엄마에게 말하자 돈을 받으러 온 나머지 사람들이 큰소리를 쳤다.

"안 돼지. 안 돼. 이제 어떻게 우리 돈을 받을 건데!! 사정 봐 줄 필요 없어!!!"

마른 아저씨가 더 큰소리를 쳤다.

"죄는 이 사람들이 아니지! 저분 동생의 잘못이고 더 정확히 우리는 그 사람을 찾아서 받아 내야 도리야!"라고 하자 누군가 말했다. "인감을 찍은 건 저 여자 남편 맞아! 모르지 또 한패일지도! 돈 다 챙겨서 뒤로 빼돌렸을지 누가 알겠어!"

웅성거리는 소리가 났다.

양아치 셋째 삼촌은 아빠 컴퓨터에 들어가 비밀번호와 중요한 문서까지 빼내 여러 카드를 아빠 이름으로 내서 카드깡으로 노름을 했었고 어느새 우리 집도 저당 잡혀 그마저 날리게 되자 집으로 찾아와 뻔뻔스럽게 돈을 더 달라고 했던 거였다. 엄마와 대판 싸움이 붙어 아빠가 엄마를 데리고 나가 안정시킬 때 집으로 들어와 돈이 되는 모든 것들을 들고 나가던 중 나와 부딪친 거였다.

그럼에도 불구하고 아빠는 건설회사 사장인 친구에게 부탁해 막노동부터 배워 찬찬히 다시 시작하겠다는 각오를 했고 그렇게 엄마와 나를 안심시켰다.

그리고 새벽 출근 첫날 아빠는 신호를 보지 못하고 건너편에서 오던 덤프트럭에 받혀 그 자리에서 돌아가셨다.

엄마와 나는 슬퍼할 시간도 없이 살던 집에서 쫓겨났고 모든 것을 하루아침에 잃었다.

아빠의 사진을 보증금 100만 원, 월세 30만 원으로 얻은 집 벽에 붙여 두고 나랑 엄마는 한참이나 서서 울고 있다.

엄마는 넋이 나갔고 그런 엄마를 보며 이제는 내가 지켜야 한다고 다짐한다.

삼촌이 집 안 물건을 모두 가져가던 그날 아빠는 홀 인 원 트로피를 나에게 주시면서 귀에 속삭이셨다. "아빠가 우리 딸에게 주는 선물."이라고 하셨는데 그게 아빠의 마지막 선물이 될 줄은 꿈에도 몰랐다.

왜 그랬을까? 그날 아빠가 내 책가방에 넣어 주셨던 트로피에 붙어 있던 금을 팔아 보증금 100만 원에 30만 원 집을 구할 수 있었고 그나마 당장 밥은 굶지 않았다.

트로피에 붙어 있던 그 금을 팔 때 심장이 떨어져 나가는 것 같았지만 아빠의 이름이 새겨 있는 트로피는 끝까지 지킬 수 있었다. 왜냐하면 아무도 그 가치를 알지 못했고 그들에게는 가치가 없었기 때문이다.

정말 오랜만에 엄마와 함께 방에 누워 잠을 청한다. 방이라고 하긴 민망하다.

그게 다기 때문이다. 그냥 방이 마루고 마루가 방인 원룸이다. 그래도 얼마나 다행인가. 뜨거운 물도 나오고 방도 따뜻하다. 에어컨도 있다. 30년은 족히 되어 보이고 벽 가득 곰팡이도 피었지만 말이다.

고개를 돌려 엄마의 얼굴을 본다. 수척해진 엄마의 얼굴을 보며 앞으로 어떻게 해야 할지 막막하다. 학교도 가야 하고 돈도 벌어야 하는데 엄마는 아빠의 사고로 삶의 의미를 잃었고 이제는 말조차 하지 못한다.

우리는 이렇게 곰팡이 냄새 가득한 좁은 집에서 아빠 사진을 보며 그렇게 밤을 지낸다.

얼마나 잤을까.

눈을 뜬다. 엄마가 천장을 보고 누워서 소리 없는 눈물을 흘리고 있다.

얼마나 저러고 있었을까? 밤새 울었던 거 같다. 흠뻑 젖은 베개와 이

불을 보면서 알 수 있었다.

불쌍한 엄마…. 우리 엄마…….

엄마를 꼭 끌어안았다.

"엄마는 내가 지킬게…."

아빠의 사진을 보며 다짐하고 또 다짐한다.

다음 날 아침 학교를 다시 가기로 마음먹었다. 대학은 이미 접었지만 고졸은 해야 어디라도 직업은 구할 듯해서다. 열심히 알바라도 해서 고등학교는 졸업해야 하지 않을까?

온갖 복잡한 생각 속에 아침밥을 짓는다. 아니지 밥은 밥솥이 하지. 퀭하니 누워 있는 엄마에게 일어나면 꼭 밥을 먹으라고 당부한다.

냉장고에 김치도 있으니까 뜨거운 밥에 물이라도 말아서 꼭! 꼭! 먹으라고 귀에 못이 박히게 이야기하고 길을 나선다.

머리가 복잡하다. 고개를 뒤로 젖히고 긴 한숨을 쉬어 본다.

하늘이 푸르다.

누군가 굼벵이처럼 천천히 걸어간다. 우연일까? 맞다! 우연이다.

우연이 등을 툭 쳤다. 나무늘보처럼 고개를 돌려 나를 보더니 갑자기 눈이 반짝거린다.

"아 민지야! 괜찮은 거야?" 순간 왜 눈물이 나냐….

그냥 그 자리에 서서 눈물만 흘리고 있다.

우연이가 아무 말도 없이 나를 바라본다. 우연이의 마음을 느낀다. 세상 누구보다 나를 잘 이해해 줄 거 같은 우연이.

내 친구….

우리는 학교 가는 길 반대로 발길을 돌렸다. 이유 있는 땡땡이다. 서로를 위로하는 그런 땡땡이.

근처 공원으로 함께 갔다.

가는 길 편의점에서 김밥이랑 과자 음료수도 샀다. 물론 나는 돈이 없다. 우연이는 걱정 말라는 듯 카드를 보여 주더니 쓰윽 긁는다. 아버지 카드는 리밋이 없다며 먹고 싶은 걸 다 골라 보라고 한다.

사실 먹고 싶은 건 없었지만 우리 엄마가 좋아하는 과일 맛 젤리를 하나 골랐다. 우연이는 하나 더 사라고 한다. 괜찮다니까 두 개 사면 하나 공짜라며 굳이 하나 더 사서 두 개는 나를 주고 자기는 하나를 챙기며 말한다.

"너 좋고 나 좋고 그리고 돈이 좋고…."

우린 말없이 웃었다. 맞다. 돈이 좋다. 하지만 그 돈이 나는 없었다.

공원에 앉았다. 배가 고프지 않았는데 김밥을 순삭 했다. 나는 편의점 음식을 먹지 않았다. 아니 먹을 필요가 없었다. 외동딸인 나에게 아빠와 엄마는 건강하고 맛난 음식을 제공을 해 주셨고 간식거리도 끊이지 않도록 쌓아 두고 먹었기 때문이다. 과자도 빵도 늘 호텔 제과점에서 사다 주셨다.

내 입은 꽤나 고급이었다. 하루아침에 달라진 음식에 내 입은 즉각 반응했다. 그리고 정확하게 뭐가 다른지도 말이다.

편의점 음식들은 공통점이 있다.

뭔가 빠진 재료다. 샌드위치도 김밥도 파는 모든 것들은 분명히 뭔가 빠져 있다. 과자는 버터가 모자랐고 빵은 뭔가 푹신하지 않고 뻑뻑한 빈 느낌? 밀가루가 충분하지 않다! 이런 생각에 빠져 있는 나를 보던 우연이가 한마디 한다.

"그냥 처먹어라. 이년아!" 눈치 빠른 우연이. 나는 크게 웃었다. "알았다, 이년아. 고맙다."

우리는 오랫동안 같은 자리에 앉아 있었지만 서로 말이 없었다.

할 말이 없다고 하는 게 맞는 거 같다.

우연에게는 이상한 엄마가 있고 우리 집은 이상한 삼촌이 있었기에 꼬인 삶이랄까?

운동복을 입고 턱을 지나 목까지 가려지는 외계인 같은 모자를 쓰고 지나가는 아줌마 둘이 우리를 보면서 눈치를 준다.

교복을 입었기 때문일까? 학생이 이 시간에 뭘 하는 짓인지 지적질할 것 같은 분위기를 알아챈 우연이가 가방에서 담배를 꺼낸다. 그리고 보란 듯이 입에 물더니 불을 붙인다.

순간 아줌마들이 어이없다는 눈빛으로 우릴 보더니 그냥 지나간다.

우연이 입가에 미소가 번진다. 아줌마들 뒤통수를 보면서 담배를 바로 끄고 한마디 한다.

"쌍년들. 지 남편 단속이나 할 일이지 남의 집 자식을 뭘…."

웃기기도 했지만 슬프기도 했다. 이제 우리 엄마는 그런 단속을 할 필요가 없다.

왜냐하면,

이 세상에 우리 아빠는 더 이상 없기 때문이다.

엄마는 나고 나는 엄마다

I am my mom

and my mom is me

집으로 돌아왔다. 방문을 열어 보니 엄마는 학교 가기 전 그대로 누워 있었다.

"엄마! 일어나! 안 씻어도 되니까 밥이라도 먹어!" 엄마에게 이야기했지만 소용없다. 엄마는 더 많은 시간이 필요한 거 같다. 어쩌면 평생이 걸릴지도 모른다는 생각이 든다.

세상은 불공평하다. 삼촌같이 정신 나간 사람을 두고 천사 같은 우리 아빠를 먼저 데리고 가다니 말이다. 여자나 후리고 다니고 사기나 치는 그런 인간 말종은 왜 안 데리고 가냐는 말이다.

화가 난 마음을 꾹 참고 냉장고를 열어 본다. 뭐라도 엄마 입에 맞는 걸 해 주고 싶다.

봉지 김치 2개, 두부 1개, 계란, 그리고 캔 깻잎 조림. 요리라고는 라면밖에 끓여 본 적이 없지만 그래도 하다 보면 늘겠지….

냄비를 꺼내고 김치를 가위로 자른다. 한 봉지를 그대로 국물까지 쭈

욱 따라 넣고 물을 넣었다. 오래된 가스레인지를 켜고 끓이기 시작한다. 부글부글 뜨거워진 듯해서 숟가락으로 떠서 한입 먹어 본다. 싱겁다. 뭘 넣어야 할까? 라면 스프? 아빠라면 뭘 넣었을까? 고추장이나 고춧가루?

하지만 우리 집에는 고추장이 없다. 다시 한번 먹어 보고 아빠가 자주 해 주던 김치찌개 맛을 기억해 낸다. 문득 스팸이 생각났다.

맞다! 스팸이다! 문 밖으로 뛰어나가 집 모퉁이에 있는 편의점에서 스팸을 찾는다. 순간 놀란다. 스팸은 생각보다 비쌌고 내 주머니에는 돈이 없었다. 바로 옆에 작은 스팸이 있었지만 터무니없이 작았다. 순간 나쁜 생각이 들었다. 그냥 주머니에 넣고 나갈까…. 엄마에게 맛나는 걸 해 주고 싶다. 하지만 스팸이 이렇게 비싼지 몰랐다. 한참이나 그 자리에 서 있자 편의점 직원이 나를 본다. "뭘 찾아요?" 학생인 듯 알바인 듯 어려 보이는 남자가 묻는다. "아. 김치찌개를 끓이다가 싱거워서 스팸을 넣을까 했는데 생각보다 비싸서요." 말끝이 흐려진다. 남자가 말한다. "아 그럼 꽁치나 참치를 넣어 보세요. 여기 캔이 있어요. 훨씬 싼데 김치찌개에는 딱이에요." 상냥한 눈으로 웃으며 말했다. "지금 꽁치는 하나 사면 하나가 공짠데 제가 이따 저녁에 해 먹으려고 두 개 챙겨 놨는데 하나 드릴까요?" 멍하니 있는 나를 보며 남자가 카운터 뒤로 간다. 바로 손에 꽁치캔을 들고나와 나를 보여 주면서 웃는다. "이거요!"

당황해하는 나를 보더니 "다음에는 학생이 하나 사면 하나 덤으로 주는 행사 때 나 하나 사 줘요!"

우연이 같은 사람이 세상에 또 하나 있구나⋯. 뭔가 울컥한 마음이 들었다. 고맙다는 말을 해야 했는데 그냥 홱 하니 나와 버린다. 그리고 빠르게 집으로 걸어간다. 냄비의 김치찌개는 끓어 넘치고 있었지만 엄마는 그대로 꼼짝도 하지 않고 있었다. 다시 물을 넣을까 하다가 꽁치 캔을 따서 국물까지 그대로 넣어 보았다. 끓던 찌개가 잠잠해진다. 비릴 것 같던 꽁치는 그 기름기 덕분에 구수하고 맛있게 보였다. 궁금했다. 숟가락으로 한입 떠서 먹어 본다.

와우! 놀랍다. 간이 정말 딱 맞는다!

이럴 수가! 예술이다! 그 편의점 알바는 뭔가 아는 사람이다. 냉장고에서 두부를 꺼내서 여덟 토막으로 자르고 조금 더 끓여 본다. 어느새 음식 같은 냄새가 느껴진다. 밥상도 없는 집에서 이사 올 때 썼던 박스를 뒤집어 수건으로 덮고 수저와 찌개를 올렸다. 밥통을 들고 와서 엄마 밥이랑 내 밥을 뜬다.

"엄마 일어나! 맛나는 냄새 나지?" 미동도 없다.

"엄마 한 번만 일어나서 먹어 봐. 내가 만들었어. 평생 처음 만들어 본 요리야⋯."

꿈쩍도 하지 않는 엄마의 등을 보며서 그동안 쌓인 서러움과 눈물이 터져 나왔다.

그냥 흐르는 눈물이 아니었다. 나도 모르게 엉엉 소리가 났다. 장례식장에서도 이렇게 울지 못했다. 이제야 눈물이 터진다. 엄마가 꿈틀

하는 모습이 보인다. 그러고는 천천히 몸을 일으켜 나를 본다.

멍한 엄마의 눈에서 눈물이 흐른다. 어린애처럼 우는 나를 보면서 엄마가 머리를 매만진다.

그리고 밥상 앞에 앉는다. 말없이 가득 퍼 준 공깃밥에 김치찌개 국물을 한 숟갈 뜨더니 밥에 뿌려 천천히 한입 먹는다. 젓가락으로 꽁치를 잡아 올리더니 내 밥 위에 올려 준다.

엄마……. 사랑하는 우리 엄마….

* * *

다음 날 아침.

구수한 냄새에 잠이 깬다. 무슨 냄새지?

계란 후라이? 엄마가 부엌에서 계란 후라이를 하고 있다. 드디어 엄마가 일어났다. 어제 내가 해 준 밥을 먹고 힘이 났나 보다. 벌떡 일어나 엄마 등을 끌어안는다.

아…. 엄마 냄새. 땀 냄새와 축축함이 섞인 엄마 냄새가 나를 행복하게 한다. 엄마가 돌아서서 나를 안아 준다.

그렇게 우리는 다시 시작하는 줄로만 알았다.

맞다. 그날 분명히 그랬다.

다시 학교로 돌아왔다.

고등학교를 졸업하고 전문대라도 꾸역꾸역 다녀 볼 생각을 했기 때문이다.

우연이에게 공부나 배워 볼까? 우연이를 찾는다. 엎어져 자고 있는 우연이를 깨웠다. 겨우 일으켜 세워 진지하게 물어 본다.

"우연아! 나 서울에 있는 대학에 갈 수 있을까?"라고 묻자 어이없다는 듯이 다시 책상에 엎드린다. "우연아 나 심각해! 전문대는 될까?" 그러자 우연이가 일어나 말한다. "미용대학 같은 데가 너랑 어울려. 너 정도 쌍판이면 장학금도 노려볼 만해…." 그러더니 다시 힘없이 푹 쓰러져 엎드린다. 맞다. 왜 나는 그런 생각을 못 했을까? 농담 아닌 농담으로 연예인 해 보자는 아빠의 말씀이 스쳐 갔다.

맞다. 나는 얼굴이 무기다. 엄마, 아빠가 나에게 머리는 주지 않았지만 얼굴과 몸매를 주셨다. 물론 가슴은 빈약하지만 뽕브라가 있지 않은가?

당장 PC방으로 가서 훤해진 내 앞길에 꽃을 뿌려 줄 학교를 찾아 봐야겠다. 아빠가 돌아가신 이후 아마도 오늘이 가장 희망적인 날인 거 같다는 생각에 빠져 있을 때 갑자기 담임 선생님이 급하게 날 찾아왔다. 왜지? 얼굴빛을 보니 심상치 않은 것 같았다. 그동안 너무 학교를 안 나와서 그런가? 무슨 문제가 있는 걸까? 잘리나? 결석 때문에 잘리기도 하나? 하는 생각을 하고 있는데 "민지야. 빨리 병원에 가 봐." 멍한 나는 "무슨 병원이요?"라고 물었다. "왜요?"

순간 설마…. 우리 엄마! 자리에서 벌떡 일어난다. "원심병원 응급실로. 빨리 민지야!"

학교를 빠져나와 택시를 잡아 보려고 손을 흔든다. 하지만 맞다. 난. 택시비가 없었다. 그때 헉헉거리며 뒤에서 누군가 내 손을 잡아당긴다. 우연이다. 손에 오만 원을 쥐어 준다. 그러더니 나 대신 택시를 소리 높여 부른다.

"택시!"

15분쯤 걸렸을까? 병원 응급실로 뛰어간다. 아무도 없다. 당황해하는 나를 누군가가 부른다. 간호원이 "원민정 님 가족인가요?" 맞다. 우리 엄마 이름이다. 원민정!

"따님?", "네. 맞아요. 우리 엄마예요." 간호원이 다시 묻는다. "아버지는 안 오시나요?", "아버지는 한 달 전에 돌아가셨어요."라고 하자 "아……. 그럼 다른 가족은 오실 수 있나요? 누구라도 성인이요.", "모르겠어요. 누가 우리 집에 성인인지…."

순간 당황해하는 간호원을 보며 "그러니까 엄마가 어떤데요? 우리 엄마가 왜요!", "두 시간쯤 전에 교통사고가 났어요. 길을 건너던 어머니를 운전자가 보지 못하고…."

"네??" 하는 나를 보며 말한다. "지금 혼수상태예요."

정신이 멍해진다. 혼수상태! 지금 뭐라는 건가.

우리 엄마가 혼수상태라니. 아빠를 잃은 지 이제 한 달밖에 안 됐는데….

간호원이 말한다. "보험도 그렇고 병원 절차도 있고 성인이 오셔야 하니까 누구라도 찾아보세요."라며 나를 쳐다본다.

바닥에 털썩 주저앉는다. 누가! 대체 누가! 우리 집에 성인인가?

다들 뭐라도 뜯어 가려고 눈이 벌게진 사람들뿐인데.

누구에게 연락을 해야 한단 말인가….

그렇게 응급실 앞에서 하염없이 눈물을 흘리며 엄마가 나오길 기다리고 있다.

몇 시간이나 지났을까.

수술실 자동문이 열리자 어깨가 늘어진 남자가 힘없이 걸어와 내 앞에 선다.

파랑색의 가운을 입은 남자가 마스크를 내리고 나를 보며 말했다.

"학생 엄마는…." 말이 끝나기 전에 의사를 붙잡고 소리친다. "우리 엄마 괜찮죠!! 맞죠! 그렇죠!"

지쳐 보이는 눈으로 말한다. "엄마는 겨우 한 고비를 넘겼어."

"살아 있는 거 맞죠…."

"응, 맞아. 그런데 뇌에 심한 부상과 손실을 입었어. 깨어난다고 해도 일상생활이 된다는 보장이 안 되고…. 혹시나 깨어나도 기억을 어디까지 할 수 있을지……. 또…. 움직일 수 있을지…."

나는 손으로 얼굴을 닦으며 큰 소리로 말했다. "괜찮아요. 다 괜찮아요. 엄마가 우리 엄마만 살아만 있으면 되어요."

의사가 나를 본다. 그리고는 피곤한 눈 대신 다행이라는 눈으로 인사를 하고 간다.

그 뒤로 엄마가 실려 나왔다. 실려 나온 엄마를 보면서 내 생각은 달라졌다.

붕대로 얼굴을 모두 감은 엄마를 보면서 그 어디에도 우리 엄마의 모습은 없었다. 천천히 다시 본다.

우리 엄마가 맞는지. 어쩌면 아닐 수도 있다. 이런 말도 안 되는 일들이 계속해서 나에게 일어날 수는 없지 않을까? 엄마가 아닐지도 모른다. 한 번 더, 한 번 더 확인해 본다.

힘없이 쭉 늘어진 팔 밑으로 천천히 내려가 손을 본다. 그리고 떨리는 손으로 손바닥을 돌려 손가락에 있는 반지를 본다.

하트 반지다.

대학생 때 아빠가 자기 마음이라며 하트 반지를 선물로 주었다는 오래된 그 은반지가 맞다. 형체도 알아볼 수 없는 그 모습의 환자는 우리 엄마다. 눈물을 걷잡을 수가 없다. 늘어진 엄마의 손을 꼭 잡는다.

이제 어떻게 해야 한단 말인가.

엄마는 중환자실로 갔고 나는 그 앞 의자에 앉아 있다.

누군가 내 옆에 앉는다. 아까와는 다른 간호원이다. 따뜻한 유자차를 건네준다. 그리고 침착하게 말한다. 어른을 모셔 오라고. 병원비도 많이 나올 거고 절차가 복잡한데 미성년자인 나는 아무것도 할 수 없다고.

엄마를 살리고 싶다면 꼭 모셔 오라고.

집으로 돌아가 천천히 쉬면서 생각하고 오라며 누군가에게 나를 집까지 태워 주고 퇴근하라고 이야기한다.

집 앞 편의점에서 내린다. 인사를 하고 집으로 걸어간다.

집으로 들어가 그대로 누워 벽에 붙은 아빠 사진을 본다. 눈물이 하염없이 흐른다.

아빠. 나 이제 어떡해⋯⋯.

그렇게 다음 날 아침을 맞는다.

벌떡 일어나 앉는다. 어디서부터 무엇을 해야 할까⋯.

순간 배고픔이 밀려온다. 냉장고 문을 열어 본다. 냄비가 있다. 꺼내 보니 엄마가 돼지고기를 넣고 김치찌개를 끓여 놨다. 엄마가 미리 해 놓은 김치찌개다. 그대로 밥을 넣고 함께 끓여 허겁지겁 먹는다.

와! 맛있다. 엄마의 손맛. 냄비에 구멍이 날 때까지 싹싹 긁어 먹은 나는 물 한 컵을 마시고 노트를 꺼낸다. 그리고 내가 아는 성인이라고 생각하는 사람들을 써 볼 생각이다.

한참이나 펜을 돌리고 있다.

먼저 성인의 기준을 정해야겠지. 성인이라면 스스로 독립할 수 있는 사람, 자급자족이 되는 사람, 그 누구에게도 손을 빌리지 않는 사람이지 않을까!

한 시간째 그 누구의 이름도 쓰지 못하고 있다.

맞다. 내 주위에는 어른이라고는 없다. 한참이나 생각을 해 봐도 아무도 떠오르지 않는다. 그래도 엄마를 병원에서 치료를 받게 하려면 누군가를 찾아야 한다. 그럼 삼촌보다는 외숙모들이 나을까? 내키지 않지만 첫 번째 외숙모에게 전화를 걸어 본다. 신호가 간다. 비틀즈의

〈예스터데이〉가 흘러나온다.

전화를 받지 않아 음성 사서함으로 넘어 간다. "외숙모…. 안녕하세요. 저 민지예요. 엄마가 병원에 계셔서 그런데 전화 주세요…."

그리고 바로 두 번째 외숙모에게 전화를 걸어 본다. 신호가 울린다. 울리자마자 바로 메시지로 넘어간다. 아….

마지막 세 번째 외숙모에게 전화를 건다. 마치 알고 피하는 것처럼 모두들 내 전화를 외면하는 게 아닌가 하는 순간 바로 목소리가 건너왔다. "어! 민지야. 괜찮아? 별일은 없는 거지?" 바로 대답이 나오지 않았다. 사실 가족들에게 가장 외면받고 멸시당한 외숙모가 바로 세 번째 외숙모다. 그 이유는 도우미 출신 중국 교포이기 때문이다. 얼굴도 예쁘고 성격도 활발한 외숙모는 어릴 적 부모님을 잃고 어렵게 생활하다가 한국에 왔으며 선택 없이 도우미를 하게 되었다며 삼촌이 끼고 돌았지만 일명 조선족이라는 딱지가 붙어 삼촌들과 외숙모들은 겸상도 싫어했다. 어쩌면 예뻐서 그랬나 샘나서 그랬나. 외숙모 둘은 세 번째 외숙모를 바퀴벌레 취급했다.

세 번째 삼촌 역시 처음에는 없으면 안 될 듯 애지중지하더니 3년을 못 넘기고 다른 유부녀와 바람이 났었다. 유부녀 남편이 외숙모를 찾아와 당신 남편이 내 부인을 꼬드겨 바람이 났다며 난리를 치고 협박했을 때 당신 부인이나 단속 잘하라며 오히려 삼촌 편을 들어 그 후 아들을 둘이나 낳았고 집에서 살림만 하기 시작했다. 그래도 우리 집에 올 때마다 선물과 과일을 들고 오는 유일한 외숙모였다.

"외숙모… 엄마가 중환자실에 계세요."

"어머나! 이게 웬 날벼락이니! 민지야……."

"보호자를 모셔 오라는데… 아무도 없어서…."

"민지야. 어디야. 어디 병원이야. 지금 바로 갈게!" 전화기 뒤로 아이들의 우는 소리가 쩌렁쩌렁하게 들린다.

병원을 말하고는 전화를 끊는다. 놀랍다. 세 번째 외숙모가 이렇게 나올 거라는 생각을 못 했다.

나도 빨리 다시 병원에 가 봐야겠다. 차가운 물로 재빠르게 샤워를 하고 집을 나선다. 그때 누군가가 나를 부른다. "학생!" 고개를 돌려 보니 편의점 알바생이다. "아… 안녕하세요. 급하게 어딜 가나 본데 저녁때 잠깐 들려 줘요."라며 어색하게 손을 흔든다.

큰 길에 서서 나도 모르게 손을 들어 택시를 잡는다. 아…. 아니지 하는 순간 택시가 바로 앞에 멈춰 선다. 문을 열어 "아저씨 죄송합니다."라고 말하고 다시 문을 닫는다. 그리고 지하철역으로 걸어간다.

습관은 무서운 거다. 맞다. 습관은….

병원에 도착하자 외숙모는 이미 도착해서 간호원과 이야기 중이었다. 이야기 중에 가끔 나와 눈이 마주쳤는데 당황해하는 기색이 역력했다.

한 10분쯤 이야기를 마치고 나에게 걸어왔다. 의자에 앉아 그냥 벽을 보고 있다. 몇 번이나 침 삼키는 소리가 났다. "민지야 잠깐 기다려." 하더니 밖으로 나갔다. 오 분쯤 지났을까 다시 돌아온 외숙모에게서 담배 냄새가 진하게 났다. 그리고 이야기를 시작했다. "민지야. 간호원이 그러는데 엄마는 쉽지 않은 거 같아. 일어나시기도 어렵지만 그 후가 더 어렵다고 그러네……. 외숙모가 보기에 어쩌면 너를 위해서 여기서 멈춰야 할 필요도 있는 거 같아…."

귀를 의심했다. 멈추다니? 무엇을 멈춘다는 말인가?

"외숙모. 뭘 멈춰요?" 외숙모가 안 됐다는 듯 나를 보며 말한다. "너 혼자 엄마… 감당되겠어…? 이제는 아빠도 안 계신데…. 다시 일어나신다고 해도 병원비며 간병이며…. 나는 네가 현실을 바로 보았으면 해서…." 순간 눈물이 복받쳐 흐른다. "외숙모… 뭐라는 거야. 나에게는 엄마가 다야. 이제 엄마만 남았어. 뭐야…. 뭐라는 거야…." 눈물을 멈출 수가 없다.

"외숙모 같으면 조카가 사고로 병원에서 가망 없다고 포기하라면 할 거야? 아직 숨이 붙어 있는데 그냥 죽으라고? 정말 그럴 수 있어? 진짜?"

하염없이 눈물이 흐른다. 그런 나를 보더니 외숙모가 고개를 숙인다.

"민지야. 미안하다. 내가 미안하다. 알았어. 내가 어떻게든 해 볼게…." 외숙모가 일어나 다시 간호원을 찾아 나선다. 나는 흐르는 눈물을 닦으며 중환자실로 걸어간다. 넋이 나간 채 복도를 걸어가는데 사람들이 우르르 몰린다. 다급히 의사를 부르는 소리와 간호원을 부르는 소리 그 사이로 누군가의 비명 소리도 들린다. 순간 '우리 엄마가?' 하는 생각에 나도 미친 듯이 뛰어간다.

　서로를 밀치며 병실로 들어가는 사람들 속에 젊은 여자와 어린 아이가 함께 서 있다. 아이는 너무 어렸고 여자는 큰 소리로 엉엉 울고 있다. 직감적으로 알았다. 우리 엄마는 아니다. 다행이다. 다행이야….

　하면서도 죄의식이 들었다. 저 사람도 나와 같은 마음일 텐데.

　우리는 통유리 앞에 서서 의사들과 간호원들의 급박한 호흡 소리를 들으며 그냥 지켜만 보고 서 있다. 순간 일제히 동작을 멈춘다. 아무도 움직이지 않았다.

　의사가 뒤도 안 돌아보고 한걸음에 나온다. 그 뒤로 하나둘씩 천천히 걸어 나왔고 마지막에 나온 간호원이 아이 엄마를 보며 입을 열었다.

　"사망하셨습니다…."

　여자는 그 자리에서 실신했고 그런 엄마를 보던 아이가 자지러지게 울음을 터뜨렸다.

　간호원이 소리치자 돌아서서 걸어가던 의사가 빠르게 달려왔다. 순식간에 아수라장이 됐고 급하게 여자를 깨우며 들것을 가져오라고 소리친다. 아이는 숨이 멎을 만큼 울었고 그 누구도 아이에게 신경을 쓰지 못했다. 그 순간 나는 보았다. 그 아이에게 엄마는 어떤 존재인지. 세상 모두를 잃은 아이의 눈물과 괴성 그리고 넘어갈 듯한 숨소리까지.

　얼른 아이 손을 잡았다. 그리고 나에게 얼굴을 돌려 미소 지으며 말한다.

　"애기야! 엄마는 괜찮아. 누나가 같이 있어 줄게. 이리 와!" 아이가 덥

썩 나에게 안긴다. 그리고는 거친 숨을 몰아쉬며 "엄마……."라며 흐느
낀다.

아이를 의자에 앉히고 물을 주었다. 싫다고 고개를 흔든다. 그래서
지하에 있는 편의점으로 데리고 가서 아이스크림 통을 보여 주며 먹고
싶은 걸 골라 보라고 한다. 작고 앙증맞은 손으로 설레임을 골라잡는
다. "그래. 너 하나, 나 하나 하자."

계산을 하고 의자에 함께 앉는다. "예쁜 우리 꼬마 이름이 뭐야?"

눈물이 그렁그렁한 아이가 작은 입으로 "민성! 이민성!"이라고 한다.

"어! 누나 이름은 민지, 이민지. 우리 뭔가 통하나 봐!"라고 하자 아이
가 눈물을 멈춘다. 그리고 아이스크림 뚜껑을 열어 주기만 기다린다.
얼른 뚜껑을 열어 아이에게 준다. 콧물을 줄줄 흘리며 작고 예쁜 볼로
쪽쪽 빨아 먹는다. 아이의 눈을 보면서 정말 말로 할 수 없는 무언가를
느낀다.

어쩌면 다행이지 않은가 말이다.

나는 어른은 아니지만 어리지 않기 때문이다.

엄마와 나를 두고 먼저 간 아빠가 미웠지만 지금 이 순간 나는 아빠
에게 너무나도 감사함을 느낀다.

나의 어린 시절 사랑을 가득 주셨던 아빠.

언제나 기억할 수 있는 추억을 가득 남긴 우리 아빠.

자정이 훨씬 지났다. 지하철이 끊기기 전 집으로 가기로 한다. 사람

이 없는 빈 열차 안에 앉았다.

눈을 감으면 바로 잠이 들 것 같아 억지로 눈을 뜨고 있다. 덜컹거리는 열차 안 피곤함에 몸을 가누기가 힘들다.

역에서 내려 집으로 걸어간다.

내 몸이 내 몸 같지 않다. 집 앞 모퉁이 편의점에서 발걸음을 멈춘다.

'그 알바생이 뭐랬더라?' 생각하고 있는데 요란하게 벨 소리가 울리며 문이 열렸다. "학생! 어디 갔다가 이제 와요?" 멍하니 바라본다.

웃으며 이야기하던 편의점 직원이 피곤해 보이는 내 얼굴을 보며 급작스럽게 웃음을 접는다. 들어오라는 손짓을 한다.

카운터에 장바구니를 올려놓는다. 그리고는 "학생만 괜찮으면 이거 가져가요. 자정에 폐기하는 음식들을 보통 내가 가져가서 먹는데 오늘은 양이 꽤나 많이 나와서 나누어 먹을 수 있을 것 같아요."

멍하니 바라만 보는 나를 보며 "아! 걱정 말아요. 오늘이 마감날인데 냉장고에 넣고 먹으면 이삼일은 괜찮아요. 그건 내가 장담해요." 남자가 멋쩍은 웃음을 지으며 "내가 매번 먹는데 탈난 적은 없어서요. 며칠 전 엄마도 오셔서 몇 가지 사 가셨는데 가지고 가서 함께 드세요."라며 검정 봉지에 가득히 싸 준다. 나는 무슨 말을 해야 하지 몰랐다. 눈치를 챘는지 "학생 피곤해 보이는데 빨리 들어가요." 하더니 내 양손에 봉투를 쥐어 주고는 문을 열어 준다. 그리고는 잘 자라고 너무나 순박하게 웃어 보이고 있다. 나는 말없이 고개를 숙여 인사를 하고 남자 옷에 붙은 이름을 읽는다. "전지홍."

집으로 걸어간다.

꽤나 무거운 봉투를 집에 와서 풀어 본다. 삼각김밥, 참치김밥, 김치, 단무지 도시락 심지어 우유와 두유 그리고 유통 기간이 꽤나 남은 초콜 릿도 있었다. 냉장고에 하나둘씩 넣고 보니 어느새 가득하다. 옷을 벗 고 샤워를 한다. 차가운 물을 틀었다. 머리 위로 차가운 물을 맞으며 생 각한다.

돈을 벌 거다. 엄마를 치료하고 살릴 거다. 엄마를 지킬 거다.

엄마는 나고 나는 엄마다!

수건으로 몸을 닦고 옷걸이에 걸려 있는 아빠의 잠옷을 입었다. 아직 아빠 냄새가 난다.

아빠 냄새.

새벽에 눈이 떠진다. 오랫동안 잘 것 같았는데 시계를 보니 겨우 세 시간이 지났다. 배가 고프다. 뭘 먹지 하는 순간. 아! 냉장고에 있는 음 식들이 생각났다. 삼각김밥을 꺼냈다. 차갑다. 냄비에 불을 켜 가열한 다. 그리고 가져온 김밥 모두 한꺼번에 넣는다. 고추장을 넣고 마지막 으로 참기름도 뿌린다. 구수한 냄새가 퍼진다. 숟가락으로 막 비벼서 한 입 먹어 본다.

아! 진짜 맛있다. 앉지도 않고 그대로 서서 다 먹는다. 싹싹 긁어서 다 먹고는 냄비를 물에 담가 둔다. 다시 냉장고를 열어 오늘로 유통 기 간이 끝난 초코 우유를 찾는다. 우유를 열어 마신다. 음! 맛있다. 이게 모두 공짜? 왜? 설마 그 직원 나에게 관심이라도 있나? 뭐지? 어쩌면 민성이처럼 불쌍하고 안타까워 보여서일까? 모르겠다. 나는 하루하루 그냥 살 거다. 하루 사는 게 목적이고 그렇게 채워 나갈 거다. 그게 지금 내가 할 수 있는 최선이다.

엄마, 아빠에게 빌붙어서 빌어 갔던 모든 사람들에게 다시 돌려받아 우리 엄마를 살릴 거다. 그래야지. 꼭 그럴 거다. 나는 먹고 힘을 내서 엄마를 지키고 살릴 거다. 그게 내 꿈이고 희망이다.

아침이 되길 기다린다.

다시 첫 번째 외숙모에게 전화를 걸어 본다. "전원이 꺼져 있어 삐 소리가 나면…." 아! 전원을 끄셨네. 두 번째 외숙모에게 전화를 한다. 역시 받지 않는다. 그럼 삼촌들에게 전화를 해야겠지. 좋다. 삼촌에게 전화를 해 본다. 첫 번째 삼촌 전화번호를 찾던 중 세 번째 외숙모에게 전화가 온다.

엄마가 눈을 떴다고….

엄마가 의식이 돌아왔다고. 재빨리 신발을 신고 큰길로 나가 택시를 잡는다.

"택시!"

바로 차를 타고 병원으로 달려갔다.

중환자실로 간다. 엄마 자리에 엄마는 없었다. 지나가던 간호원에게 "여기 계시던 분 어디로 가셨나요?"라고 묻자 "여기 안 계시면 영안실 아니면 일반 병실."이라며 데스크로 가서 물어 보라고 한다.

영안실…. 냉정한 간호원이 등을 돌려 병실로 들어가고 나는 외숙모에게 전화를 건다.

삐리리~. "응 민지야." 바로 전화를 받는다. "외숙모! 엄마 어디야?", "5층에 있는 데스크로 와. 마중 나갈게!"

훨씬 밝아진 외숙모의 목소리에 내 마음이 진정된다. 엘리베이터를 타고 5층을 누른다.

손이 벌벌 떨렸다. 엄마가 어떤 모습일까? 엄마는 나를 알아볼 수 있을까? 갑자기 목이 건조해진다. 엘리베이터 열리자 바로 외숙모가 있었다. 외숙모 옆에 어떤 젊은 남자가 같이 있었는데 나를 보더니 조용히 고개를 숙여 인사를 한다.

누굴까…. 모르겠다. 나는 지금 엄마를 만나야 한다. 외숙모는 "민지야 503호야."라고 하더니 남자와 내가 타고 왔던 엘리베이터를 타고 다시 내려간다.

벽에 걸린 병실 번호를 보면서 503호를 찾는다. 508호, 507호. 숫자가 낮아질수록 다리가 후들거렸다. 504호 문을 지나 503호에 발을 멈추어 섰다. 호흡을 다듬어 본다. 천천히 마시고 길게 뱉어 본다. 그리고 침착함을 유지하려 노력한다.

503호 문을 열었다. 엄마다! 맞다! 알아볼 수 없을 만큼 퉁퉁 부었지만 우리 엄마 맞다!

가느다랗게 겨우 뜬 눈으로 새빨갛게 충혈된 눈으로 엄마는 나를 알아보았다. 엄마 눈에서 눈물이 흐른다. 엄마는 힘들게 입을 움직였지만 말을 하지 못했다. 그저 하염없이 눈물만 흘리는 엄마를 보며 나도 모르게 크게 소리를 질렀다. "엄마!" 바닥에 주저앉았다.

엉엉 소리가 나왔다. 뒤에 있던 간호원이 나를 일으키며 말한다. "학생 진정해요. 이러면 어머니가 안정을 취할 수가 없어요." 다시 엄마에게로 가서 엄마의 혈압을 살핀다. 그리고 바로 의사가 들어왔다. 수술을 했던 바로 그 의사다. 주머니에서 라이트를 꺼내어 비추며 엄마의 눈과 얼굴을 샅샅이 살펴본다. 간호원에게 뭔가를 주문하고 나를 보면서 말한다. "학생! 엄마는 천국의 문 앞에서 돌아왔어. 아마도 학생 때문이지 않을까?"라고 말하더니 작은 미소가 입가에 번진다. 조용히 엄마 옆에 있는 의자에 앉아 엄마의 손을 잡는다.

엄마는 진정제를 맞았는지 바로 눈을 감고 잠이 들었다. 비릿한 피 냄새와 소독약 냄새가 난다.

엎어져 울고 있는 내 등 뒤로 외숙모와 아까 보았던 그 남자가 함께 서 있다. "민지야 잠깐 나와 봐. 설명 들어 볼 게 있는데…." 눈물, 콧물이 범벅이 된 나를 데리고 지하 카페로 가서 앉았다.

외숙모에게 무엇을 마실지 물어보자 외숙모는 아이스 아메리카노. 그리고 나에게 묻는다. "학생은 뭘 마시고 싶어?" "복숭아 아이스티. 저는 복숭아 아이스티 주세요.", "그래. 큰 걸로 주문할게."라며 일어나 카운터로 간다.

외숙모에게 물어본다. "외숙모. 저 아저씨 누구에요?"라고 묻자 "보험사에서 나온 사람인데 합의 때문에 왔어. 저쪽 사고 낸 사람이 합의를 보자고 저분을 보낸 거 같은데 이야기 들어 보자고." 그 남자가 쟁반에 음료를 들고 와서 우리 앞에 하나씩 건네준다.

종이로 된 빨대를 내 음료에 꼽아 주더니 주머니에서 명함을 꺼내어 나에게 준다. BB 보험회사 실장이다.

아저씨는 나에게 친절한 말투로 "학생. 마음고생 많이 했어요. 아버님도 보내 드린 지 얼마 안 되어서 어머니까지 이런 사고를 당해서 내가 뭐라고 할 말이 없네요. 그래도 좋은 외숙모님이 계셔서 다행이에요. 지금은 어떻게든 엄마의 치료를 보장받는 게 급선무이지 않을까요? 사고를 낸 상대방이 음주 운전도 아니었고 빨간불에 길을 건넌 어머니 잘못도 있지만 그곳이 횡단보도라서 보상을 협의하고 싶다고 하시는데 합의하기에 학생이 아직 미성년자라서요."

그때 뜬금없이 첫 번째 삼촌에게 전화가 온다. "받으세요. 편하게." 전화기 스크린을 밀며 받는다. "여보세요!" 삼촌이 쩌렁쩌렁한 목소리로 "아이구 민지야. 이게 웬일이냐! 엄마가 사고를 당했다는데 너 지금 어디냐? 삼촌이 빨리 갈게! 보험은 들었지?"라며 걱정 같은, 걱정 아닌 알 수 없는 말을 한다. 전화를 끊자 세 번째 외숙모가 입을 열었다. "민지야 내가 어제 찾아갔었어. 형님도 전화를 안 받으셔서 사고 이야기하려고……."

처음에는 외면하더니 갑자기 왜 마음이 변했을까? 순간 머릿속으로 지나가는 생각….

설마 보험금이랑 합의금? 그때 또 바로 두 번째 외숙모에게 전화가 온다. 이게 뭐지? 내 얼굴을 보던 보험사 아저씨가 한마디 했다. "이런 일들이 많아요. 특히 보호자가 학생처럼 어릴 때…." 세 번째 외숙모가 나를 본다. "민지야. 정신 바짝 차려라. 너가 정신 바짝 차려야 해!" 보험사 아저씨가 다시 말했다. "상황 설명 대충 들었어요. 난 학생과 어머니 입장에 최대한 서 볼 테니 저녁에 다시 만나요."라고 말하더니 자리에서 일어선다.

외숙모가 진지하게 이야기한다. "민지야. 엄마 재활 비용과 병원비가 꽤나 많이 나올 거야. 누군가 너에 법적 대리인이 되어야 할 텐데 큰삼촌이 나서지 않을까?" 순간 화가 욱하고 치밀어 오른다.

아빠 장례식에 10원 한 장 안 들고 와서 먹고 싶은 거 다 먹고 심지어 현금으로 들어온 부조금 몰래 챙겨 간 거 내가 모를 줄 알았나? 둘째 삼촌도 음식 남기는 거 아니라며 먹지도 못한 사람도 있는데 깡그리 쓸어 간 음식과 술, 음료, 물!

내가 내 눈으로 다 봤다. 젓가락과 냅킨까지 모조리 쓸어 간 거머리 인간 쓰레기들에게 법적 대리인을 맡긴다고? 뭐래!

"외숙모 안 돼! 절대 안 돼! 알잖아 외숙모!!!"

외숙모가 고개를 끄덕인다. "알지. 그럼. 잘 알지."

열을 내며 외숙모와 이야기를 하고 있는데 우리가 여기 있는지 어떻게 알았을까…. 첫 번째, 두 번째 삼촌 모두 우리 앞에 떡하니 서 있다. 더러운 늪에 사는 악어처럼 눈을 크게 뜨고 의자를 끌어다 앉는다. 나는 벌떡 일어나 엄마의 병실로 향한다. 큰삼촌이 내 뒤통수에 대고 말한다. "쟤는 왜 저래? 인사도 안 하고 싸가지 없이!" 외숙모가 "아휴 이제 마음 추스르는데 왜 그러세요.”라며 내 편을 든다.

둘째 삼촌이 뜬금없이 말한다. “하여간 씨는 못 속인다니까!” 순간 뒤를 돌아봤다. 눈이 마주친다. “싸가지 없이? 씨는 못 속여?” 삼촌들의 헛소리를 반복해서 돌려준다.

뻘쭘했던 큰삼촌이 말한다. “네 외숙모들 모두 왔으니 올라가 봐라.” 짜증이 밀려온다.

엘리베이터에서 내리자 아는 목소리가 들린다. “아이고 형님! 이게 웬일이에요!” 대성통곡하는 소리가 복도 끝까지 들렸다. 병실 문을 확 열고 보니 꼴같잖은 두 외숙모가 후진 연기를 펼치고 있었다. 엄마는 그 사이 깨어 있었고 괴로운 듯 고개를 돌려 벽을 보고 있었다. 간호원이 바로 따라 들어왔다. “보호자분! 환자는 안정을 취하셔야 하니 나가주세요. 어서요!”

“보호자? 누가 누구의 보호자?” 나도 모르게 한마디 한다. “여기 보호자는 나예요. 우리 엄마 보호자는 이!민!지!예요! 다 나가요. 모두 다!” 미친년처럼 소리를 고래고래 지르자 두 외숙모가 어이없다는 듯 나를 위아래로 흘겨 본다. 간호원이 눈치를 챘는지 두 사람을 끌고 나간다.

잠깐의 소동에 엄마의 안색이 어두워진다.

엄마 손을 잡는다.

“엄마. 걱정 마. 내가 있잖아. 엄마는 내가 지킬게.” 엄마가 천천히 다시 눈을 감는다.

당분간 여기서 엄마랑 함께 지내야겠다. 이불이랑 밥통을 들고 와서 말이다.

문 밖으로 삼촌들과 외숙모들의 목소리가 시끄럽게 난다. 그러더니 조용해진다. 다들 갔나 보다. 얼마 후 세 번째 외숙모가 들어왔다. "민지야. 우선 네가 여기 있어. 난 애들이 있어서 다시 집에 갔다가 올게."

그러더니 내 손에 오만 원을 쥐여 준다. "이걸로 밥 사 먹고."

문 뒤로 보이는 외숙모를 보며 많은 생각을 한다. 여기서 정말 우리 편이 되어 줄 사람은 누구일까?

나는 누구를 믿어야 할까? 진정한 어른이 저 중에 한 명이라도 있을까?

아무래도 시간이 걸릴 것 같았다.

먼저 집에 가서 당장 필요한 것과 옷가지를 챙겨야 할 듯했고 가장 큰 문제는 학교였다. 담임 선생님께 전화를 걸어 본다. 걱정이 되었는지 빠르게 받는다.

"어! 민지야. 어떻게 됐어?"

"안녕하세요, 선생님. 엄마는 고비를 넘기시고 이제 일반 병실로 가셨는데 간병할 사람이 없어서요. 아무래도 당분간은 제가 있어야 할 것 같아요." 그러자 선생님은 "그래. 우선 내가 학교에 이야기 해 놓고 상황을 알려 줄게. 정말 다행이다. 민지야 혹시라도 도움이 필요하면 전화해!"

선생님의 목소리는 평소 수업 때와는 달랐다. 진심이 느껴지는 걱정이었다.

바로 집으로 가서 짐을 챙겨 오기로 했다. 다시 지하철을 타고 집으로 간다.

문이 열려 있다. 왜? 아. 잠그는 걸 깜빡했는데 불행인 듯 다행인 건 우리 집에는 훔쳐 갈 것도 없으니 걱정 따위는 필요 없었다.

주섬주섬 필요한 것을 챙겨서 가방에 담는다. 냉장고를 열어 남아 있는 초콜릿과 우유도 넣는다. 전지홍이었던가? 편의점 알바생. 가는 길에 인사나 다시 해야겠다. 신발을 신고 나간다.

골목 모퉁이 편의점으로 들어간다.

내가 들어온지도 모르고 꽤나 두꺼운 책을 읽고 있다. 순간 손님이 왔다는 걸 느꼈는지 벌떡 일어난다. "어 학생? 어서 와요!"

"안녕하세요. 지난번에 주신 거… 잘 먹었어요. 감사하다는 인사도 못 드려서 죄송했어요. 실은 엄마가 사고가 나서서 병원에 계시거든요." 내 짐 가방을 보던 직원이 입을 열었다. "아! 그래서 밤늦게 다녔구나…. 불량 청소년인 줄 알았는데 효녀네요. 헤헤…."

어색한 시간이 흘렀다. 그러자 남자가 뒤로 들어가 검정 봉투를 들고 나와 뭔가를 또 건네준다. "이건 내가 학생을 오해해서 미안해서 주는 거니까 받아요!" 물끄러미 서서 남자를 바라본다.

손이 부끄러워 움직이지 않는다. 그러자 계산대를 밀며 앞으로 나와 내 손에 쥐어 준다. "부담 갖지 말고요. 지난번처럼 모아 둔 거예요." 손에 들린 봉투는 꽤나 무게가 느껴졌다. "아저씨 이러다 잘리는 거 아니에요?"라고 물었다. 남자가 멋쩍게 웃으며 말했다. "우리 아버지가 편의점 주인이라 안 잘려요. 게다가 요즘 알바 구하기도 힘들어서 나 자르면 아버지가 나와야 하는데 우리 아버지는 편의점이 여기저기 꽤나 많아서 절대 그럴 수 없죠."라며 웃는다.

나 역시 마음이 놓인다. 혹시나 이런 행위도 절도가 될 수 있을지도 모르기 때문이었다.

편한 마음으로 검정 봉투를 받고 문을 열고 나와 지하철을 탄다.

사람이 별로 없다. 의자에 앉는다. 묵직한 봉투를 열어 본다. 종류별로 과자와 사탕이 있었고 뜬금없이 헤어핀도 있었다. 이것도 유통기간이 있는 건가? 빨강 리본이 달린 헤어핀인데 안 팔려서 준 걸까?

역에서 나와 병원으로 향한다. 늘 그랬듯 병원은 복잡하다.

입구를 지나 엘리베이터 앞에 선다.

열 대가 넘는 엘리베이터가 있었지만 늘 사람으로 가득했다. 심지어 환자용이라고 써 있는 엘리베이터에도 일반인들이 먼저 올라탄다.

전에는 몰랐다. 세상에 이렇게 아픈 사람이 많은 줄 몰랐다. 그 가족들과 의사, 간호원, 보조원, 간병인, 청소하는 사람들까지 정말 많았다. 그들에게는 공통점이 있었는데 웃는 사람이 없다는 거다. 하긴 아파서 들어 왔는데 웃을 수가 없겠지. 그래도 웃으면 더 빨리 나아지지 않을까? 하는 생각을 한다.

503호 엄마 병실로 간다.

헉! 엄마가 없다. 그리고 다른 사람이 다리에 깁스를 하고 있었다. "저기요. 여기 계시던 분은 어디로 갔나요?"라고 묻자 모른다고 한다. 자기도 오늘 들어왔다고. 밖으로 나가 데스크에 물어본다. "저기요.

503호실 원민정 님 어디로 가셨나요?" 간호원이 우물쭈물하자 옆에 있던 다른 간호원이 병실을 옮겼다고 한다.

"왜요?"라고 묻자 수납이 안 되어 병실이 옮겨졌으니 1층 수납 데스크로 가 보라고 한다. 다시 1층으로 내려와 번호표를 받고 기다리다 수납 데스크에 원민정 환자를 물어본다. 내가 딸이라고 어디 계신지 물어보자 데스크 뒤에 안경을 쓴 남자가 나왔다. 엄마는 404호로 이동되었고 수납이 안 되어 빨리 계산해야 한다며 보험사와는 이야기했냐고 묻는다. 나는 아직 잘 모르겠고 외숙모가 이야기 중인 것 같다고 하자 그럼 외숙모에게 연락해서 수납하시라고 말하고 다시 들어갔다.

역시 돈이구나….

404호를 찾아본다. 천천히 복도를 지나 걸어 간다. 한층 차인데 시끄럽고 어수선한 분위기를 느낀다. 1실이 아니라 다인실이 다닥다닥 붙어 있었고 복도에는 식구들인지 간병인인지 모를 사람들이 가득했다. 아이들은 소리를 지르며 뛰어다녔고 아줌마가 대소변을 통을 들고 나가는데 나도 모르게 속이 울렁거렸다.

병실 안으로 들어가자 엄마가 바로 보인다. 부은 얼굴은 여전했다. 나를 보자 손짓을 하려고 했지만 금세 고통스러움이 느껴진다. 엄마 침대로 가서 옆에 앉는다. "엄마. 집에 가서 이것저것 챙겨 왔어. 이제는 계속 있을 거니까 걱정 마!" 그러자 엄마가 다시 눈을 감는다. 외숙모에게 톡을 한다. '외숙모, 엄마 병실 404호로 옮겼고 체납이 밀렸다고 하는데 어떻게 해야 하는 걸까?' 바로 전화가 울린다. 전화기를 들고 밖으로 나가 외숙모의 전화를 받는다.

"어. 외숙모.", "민지야. 나도 들었어. 보험사 아저씨랑 이야기 중인데…. 일단 가서 이야기하자구." 전화를 끊는다. 뭔가 불길한 느낌이 든다. 주머니에 있던 보험사 아저씨의 명함을 꺼낸다. 구겨진 명함을 보며 전화를 걸어 본다. "여보세요. 저는 원민정 님 딸 민진데요….", "아! 학생. 지금 어디?", "저 병원이요. 404호." 아저씨는 "아…. 벌써 옮겼군요. 알겠어요. 내가 그리 갈 테니 곧 봐요."라며 전화를 끊는다.

한 시간도 안 되어서 아저씨에게 전화가 왔다. 복도로 나오라고. 잠든 엄마의 얼굴을 보며 복도로 나간다. 아저씨가 누군가와 전화를 하고 있었고 나를 보자 급하게 끊는다. "외숙모님은 오셨나요?" 나에게 묻는다. "아니요. 아직이요. 근데 오신다고 했어요.", "그럼 지하 카페에서 차나 마시면서 기다릴까요?" 고개를 끄떡인다.

잔잔한 음악이 흐르는 카페에 빵 냄새가 구수하다. 눈치를 챘는지 아저씨가 "학생 먹고 싶은 빵 있으면 하나 골라요." 갓 구워 낸 빵 중 소시지빵과 피자빵이 눈에 들어왔다. 먹고 싶었지만 이왕이면 엄마랑 같이 먹을 수 있는 빵으로 고르는 게 좋을 거 같아서 엄마가 좋아하는 벌꿀 카스텔라를 골랐다. 제일 큰 것으로. 아저씨는 나를 보면서 "어린 친구 입맛 치고는…" 하더니 바로 아이스티도 하나 더 주문한다.

그때 바로 외숙모가 왔다.

어딜 가는지 애들 엄마로는 보이지 않았다. 화장도 진했지만 짧은 치마에 깊이 파인 상의 그리고 걷기 힘들어 보이는 높은 구두를 신고 들어왔다.

외숙모가 앉자마자 아저씨가 묻는다. "지난번 이야기한 거 생각해 보셨어요?" 얼굴이 어두워진다. 외숙모가 진지하게 나를 보면 말한다. "민지야. 실은 나와 삼촌은 결혼을 한 적이 없어. 아이들은 분명히 삼촌 아이가 맞는데 우린 혼인신고를 하지 않았어.", "네?" 그럼 외숙모는 법적으로는 그냥 남이라는 건가?라는 생각이 들었다. "지금 보험금이 나오면 누군가가 받아서 엄마 치료비랑 입원비 모두 내야 하는데 엄마가 받은 수술이 보험이 되는 게 있고 안 되는 게 있어서 생각보다 돈이 많이 나왔더라고. 다행히 합의금으로 모두 될 듯한데 지금 1순위는 내가 아니라 첫 번째 삼촌이야."

순간 숨이 턱 하니 막힌다. 아이스티를 한 모금 빨아 목을 축여 본다. 그때 보험사 아저씨가 한마디 했다.

"회사에는 상황 설명했는데 삼촌이 벌써 보호자로 신청 서류를 냈더라구요." 외숙모가 어이없다는 듯 짧은 한숨을 쉰다. "그럼 어떻게 되는 거지요?", "법적으로 보면 첫 번째 삼촌에게 모든 합의금이 돌아가요."

외숙모가 걱정스럽게 말을 이어 간다. "혹시 돈을 받고 병원비를 안 주거나 치료를 안 하면 어떻게 되는 건가요?" 아저씨는 커피를 한 모금 마시더니 입을 열었다. "그게…. 저희로서는 거기까지입니다."

뭐라는 거지? 그러니까 엄마 합의금은 첫 번째 삼촌이 받고 그걸 내가 받아서 엄마를 치료해야 한다는 이야긴가. 외숙모가 보험사 아저씨에게 부탁을 한다. "제가 이 집 식구들 성향 너무 잘 알아서 그런데 다른 방법이 없을까요?" 아저씨는 입을 꼭 다물고 있다가 "우선 지금까지 병원비는 보험사에서 내는 걸로 처리하도록 힘써 볼게요."라며 전화기를 들고 밖으로 나간다. 외숙모도 자리에서 일어난다. "민지야 외숙모 일하러 가야 하니까 다시 이야기하자." 자리에 일어나 구두 굽 소리를 내며 나간다. 나는 그 자리에 가만히 앉아 생각한다.

이제부터가 시작이다.

또 다른 싸움이….

나는 혼자다
Desolation

한 달 후.

나와 엄마는 집으로 왔다. 아직 병원에 더 있어야 했지만 합의금을 먼저 받아 챙긴 삼촌은 그날 이후로 볼 수 없었다.

그나마 보험사 아저씨의 덕분에 수술비와 입원비는 간신히 냈고 치료는 아직 한참 더 남았지만 우리는 돈이 없었다. 삼촌이 몇천만 원을 더 받은 걸로 알고 있는데 엄마가 퇴원할 때도 오지 않았고 전화도 받았지 않았다. 어떻게 같은 형제끼리 이럴 수가 있을까?

세 번째 삼촌과 외숙모의 관계도 어이없다. 남이라도 이럴까? 아니 남보다 못하다. 배다른 형제일까? 그래야만 납득이 되는 관계다.

오늘 월세를 내는 날이다.

이제 돈이 얼마 남지 않았다. 일자리를 구해야 한다. 학교는 이미 물건너갔고 어디서 일을 해야 할까 곰곰이 생각 중이다. 방에 누워 있던 엄마가 눈으로 사인을 준다. 기저귀를 바꿔 달라는 사인이다. 아직 엄마는 거동이 안 되어서 죽만 먹으며 기저귀를 차고 계신다. 처음에 엄마는 부끄러웠는지 식사도 하지 않고 물도 안 마셨다. 그때 엄마에게 말했다. "엄마. 내가 어릴 때 엄마가 먹이고 입히고 똥 기저귀 다 바꿔줬잖아. 그때 내가 창피해했어? 아님, 시원해했어? 그러니까 엄마도 차라리 시원한 표정으로 나를 기쁘게 해 주면 안 될까?"라고 한 그날부터 조금씩 식사도 하시고 기저귀도 바꾸게 됐다. 물티슈도 살 겸 바람도 쐴 겸 집 앞 편의점에 들렀다.

전지홍 직원 아저씨가 나를 반긴다.

"어! 학생. 오랜만에 오네요. 가끔 왔다 갔다 하는 건 봤어요!"라며 인사를 한다. 나도 "안녕하셨어요?"라고 인사를 하고 성인용 기저귀를 찾아 계산대로 간다. 바코드를 찍으면서 "어머니 거요?"라고 묻는다. "제건 아니에요."라고 하자 미안하다는 듯 웃는다. "학생 이름은 뭐예요?"

아저씨를 보며 "민지예요. 이민지." 수줍은 미소로 "와~ 이름도 얼굴만큼 예쁘네요. 몇 살?"

"아직 고등학생이에요. 아저씨! 혹시 제 나이에 할 수 있는 알바가 있을까요?"

뜬금없는 내 질문에 한참이나 생각에 잠기더니 "내가 한번 알아볼 테니 전화번호 주고 갈래요?"라며 종이와 펜을 내놓는다.

작은 글씨로 적어 건네준다. 그리고 나와서 집으로 걸어간다. 한 달에 얼마를 벌어야 할까? 지금 엄마와 내가 쓰는 생활비를 계산 중이다. 확실한 건 합법적으로 내가 할 수 있는 일로는 월세 내고 밥 먹는 건 빠

듯하고 엄마 약값이며 재활에 들어가는 돈은 꿈도 못 꿀 듯하다.

내가 무엇을 할 수 있을지가 중요한 게 아니라 어떻게 돈을 더 많이 벌지를 생각해야 한다.

그래도 반듯하고 싶다. 아빠를 봐서라도 당당하게 살고 싶다. 그렇게 아빠에게 배웠고 나는 아빠 딸 이민지다.

* * *

엄마의 잔기침 소리에 잠이 깬다. 며칠째 엄마의 기침은 멈추지 않았다. 혹시나 건조해서일까? 빨래를 죄다 방에 걸어 놓고 대야와 냄비에도 물을 가득 채워 최대한 건조함을 방지하려고 했지만 엄마는 좋아지지 않았다.

이상하게 기분이 싸해서 불을 켠다. 이불이 흥건히 젖을 만큼 엄마가 땀을 흘렸다.

무슨 말을 하려고 중얼거리는데 알아들을 수가 없었다. 서랍에서 체온계를 꺼내 엄마 이마의 열을 재어 본다. 39.4도!

다시 한번 재어 본다. 39.5도. 정신이 번쩍 든다.

빨리 엄마를 병원에 모시고 가야 한다. 택시! 택시를 불러야 한다. 전화기를 켜서 택시를 잡아 본다. 바로잡힌다. 10분 뒤 도착이다. 엄마를 일으켜 문 앞까지 모시고 가야 하는데 나는 엄마를 업을 수가 없었다. 엄마를 앉혔다. 그리고 다시 업어 본다. 다리에 아무리 힘을 줘도 일어나지지 않는다. 엄마가 방바닥에 힘없이 그대로 쓰러진다.

안 돼! 안 된다. 다시 엄마를 일으켜 앉히고 내 등에 업어 본다. 온 힘을 다해도 나는 엄마를 업고 일어나지 못한다. 그때 편의점 아저씨가 생각났다. 밖으로 뛰어나가 편의점 문을 밀었다. 벨 소리가 요란했다. 아저씨가 놀란 눈으로 입구에 선 나를 본다.

황급한 상황을 눈치챘는지 "민지 학생 왜 그래?"라고 묻는다. "아저씨. 엄마가 열이 많이 나요. 빨리 병원에 가야 하는데 엄마를 업을 수가 없어요. 택시가 곧 오는데… 아저씨가 도와주세요." 아저씨가 벌떡 일어나 우리 집으로 뛰어갔다. 그리고는 방바닥에 힘없이 누워 있는 엄마를 바로 앉히더니 그대로 벌떡 업고 일어나 문밖으로 나왔다. 편의점 입구에 서자 택시가 왔고 바로 엄마를 태웠다. 나와 엄마를 태우고 문을 닫으며 "아저씨 빨리 응급실이요!" 택시가 출발하려고 하자 지홍 아저씨가 "병원이 어디지?"라고 묻는다. 그러더니 "내가 편의점 문 잠그고 바로 따라갈 테니 먼저 가."라며 기사 아저씨를 재촉한다.

기사 아저씨는 비상등을 켜고 빠르게 병원으로 간다. 그 사이 몸을 가눌 수 없는 엄마 얼굴을 보는데 엄마 입에서 거품이 나고 있었다.

미친 듯이 엄마를 불러 깨운다. "엄마 정신 차려! 엄마 왜 그래! 엄마." 소리치자 기사 아저씨는 더 빨리 차를 몰았다. 응급실 앞에 차를 세우자 병원 사람들이 우르르 나왔다. "무슨 일이시죠? 어떻게 아픈 건가요?" 응급실에서 흰 가운을 입은 의사가 엄마 입에서 흘러나오는 거품을 보자 간호원에게 소리친다.

"빨리빨리! 환자 이송!!" 순식간에 엄마는 병원 안으로 들어가고 나는 멍하니 그 자리에 서 있다. 택시 아저씨가 다가왔다. 아 맞다. 돈을 내야지. "아저씨 얼마 나왔나요?" 주머니를 뒤져 보니 오천 원짜리 한 장이 나온다.

뒤에서 누군가 "제가 낼게요."라며 돈을 낸다. 아. 편의점 아저씨다. 돈을 내더니 내 손을 끌어당기며 "빨리 들어가자."라고 한다. 순간 말할 수 없는 묘한 감정이 들었다.

남자의 느낌? 집에 이런 남자가 있다면 얼마나 좋을까? 설명하기 어렵지만 힘이 된다. 든든한 그런 마음이 들었다.

응급실 앞에 서서 엄마 이름을 말하니 지난번 수술과 입원 기록이 올라왔다. 그리고 바로 담당했던 의사 번호를 찾는다. 전화를 걸어 이것저것 물어보며 무언가를 적는다.

간호원은 벽에 붙어 있는 인터폰을 들더니 누군가와 심각하게 이야기를 주고받는다. 몇 분이나 지났을까. 나이가 있어 보이는 두꺼운 안경을 쓴 남자 의사 선생님이 내려왔다. 엄마의 얼굴을 살핀다. 옆에 있던 젊은 의사가 뭐라고 하자 간호원이 들고 온 차트를 읽어 낸다. 그리고는 바로 어디론가 가 버린다.

다시 엄마를 이동시킨다. 그중 한 간호원이 나를 부른다. 떨리는 마음으로 천천히 다가간다. "학생 말고 보호자를 모셔 와야 해요." 낮은 목소리가 나를 더 불안하게 한다. 편의점 아저씨가 "심각한 상황인가요?"라고 묻자 간호원이 말한다. "네. 급하게 뇌 수술이 필요하세요. 수술 동의와 비용을 청구할 때 성인의 동의서가 필요합니다.", "뭐라고요? 뇌 수술이요?" 함께 있는 지홍 아저씨를 보며 "보호자이신가요?"라고 묻는다. 아저씨가 한 번의 망설임 없이 "네. 맞습니다."라고 대답한다. "아 그럼 이쪽으로 오셔서 안내받으시고 사인도 하셔야 해요."라며 먼저 걸어간다. 아저씨가 빠르게 따라가고 나는 그 뒤를 불안하게 쫓아간다.

먼저 의자에 앉았다. 복잡한 동의서를 꺼내 우리 앞에 펼쳐 놓더니 전화를 걸어 무엇인가를 가지고 오라고 한다.

첫 번째 종이는 수술 중 사망해도 병원의 책임이 아니라는 안내 종이다. 그러니까 엄마가 수술 중에 돌아가셔도 병원은 책임을 지지 않는다는 서명이라는 건데. "그럼 누구 책임인 거지요?"라고 묻자 병원은 어떤 상황에서도 책임을 지지 않는다는 말을 되풀이할 뿐이라는 대답을 한다. 그러니까 수술은 할 수 있지만 뒤에 문제가 생길 시 법적인 책임은 지지 않는다는 이야기다. 그러면서 한마디 더 했다. 지금 서류에 사인하지 않으면 수술 자체를 할 수 없으며 엄마는 매우 위독한 상황이라는 걸 다시 한번 강조했다.

맞다. 내 주변에는 내가 아는 어른은 단 한 명도 없다. 그 누구도 자신의 행위에 책임을 지려 하지 않고 실수도 떠넘기려 한다.

흐르는 내 눈물을 보며 지홍 아저씨가 종이에 바로 사인을 한다. 그리고 간호원이 가져오라던 종이를 받아 보여 주며 지금 당장 수술 절차를 밟는 건데 천오백만 원 중 50%를 바로 납부해야 한다고 했다. 심장이 철렁 내려앉는다. 나는 그런 돈이 없다. 당장 다음 달 월세 30만 원도 없는데 그 돈을 어떻게 구한단 말인가.

손으로 얼굴을 감싼다. 숨이 차다. 달아오른 감정을 주체할 수가 없다. 그때 아저씨가 갑자기 바로 수납하겠다고 하자 간호원은 다시 인터폰을 들어 준비됐다고 말했고 수술을 바로 할 수 있다는 말을 하면서 아저씨를 납부 창고로 안내한다.

걸어가는 두 사람을 보며 또다시 나는 현실을 직시한다.

아…. 돈이 없으면 살아 있는 사람도 죽는구나.

지금 나는 무엇도 할 수 없었다. 엄마의 마지막 가족이지만 아무것도 할 수 없었고 그 어떤 힘도 실어 줄 수 없는 그저 어리고 나약한 존재일 뿐임을 깨달으며 눈물을 흘리고 있다.

30분쯤이나 지났을까? 지홍 아저씨가 영수증과 종이를 받아 나에게로 와서 앉았다.

울고 있는 나를 보며 "다 울었냐?"라고 말한다. 눈물을 옷으로 닦는다. "아저씨. 어떡해요…."

아저씨가 나에게 말한다. "아저씨는 이제 그만하고 오빠로 불러주면 안 되니? 너랑 나이 차이 많이 나지도 안 나는데 매번 아저씨로 부르더라. 그냥 오빠로 불러 줘."라며 나를 바라본다. 처음으로 아저씨 아닌 오빠의 얼굴을 바라봤다. 맞다. 나보다 5살 정도 아니 3살? 그 정도 더 많은 것 같았다.

"우선 내가 가진 돈으로 수술비 냈고 나머지는 일단 두고 보자구."

고맙지만 미안하다.

"오빠. 나는 그 돈을 갚을 능력이 아직 없어요. 당장 다음 달 월세도 못 낼 것 같은데요." 눈물이 또 흐른다. 오빠는 "일단 알겠어. 우선 엄마 상태를 먼저 보자구." 우리는 함께 일어나 엄마의 수술실 앞으로 걸어간다.

조용하고 어두운 복도에 함께 앉는다.

내가 먼저 입을 열었다. "오빠. 편의점 가 봐야 하지 않아요?"라고 하자 빙그레 웃는다. "내가 직원이지만 사장만큼 빽이 되니까 괜찮을 거야. 설마 우리 아버지가 나를 자르시겠어?" 갑자기 일어나더니 "시원한 거라도 사 올게."라며 지하 편의점 쪽으로 내려간다.

목이 마르다. 아니 어지럽다. 몰랐던 피곤함이 몰려왔다. 눈을 감고 호흡을 해 본다. 그때 수술실에서 누군가 소리를 질렀다. 뭔가 불길한 느낌이 든다.

뭐지? 뭘까? 다시 조용해진다. 괜찮은 건가? 하는 한숨을 쉬는 순간 아까 보았던 의사가 걸어 나왔다. 수술이 빨리 끝난 건가? 엄마가 들어간 지 얼마 되지도 않았는데 뭐지? 의자에 앉아 있는 나를 보더니 무슨 말을 하려고 하다가 그냥 지나간다. 뭐지? 이게 뭐지? 심장이 불안하게 빨리 뛴다. 목이 조여 온다.

그 뒤로 여러 명이 한꺼번에 나왔다. 그리고 마지막에 나온 응급실에서부터 봤던 젊은 의사가 너무나 슬픈 표정으로 나를 본다. "원민정 님 가족인가요?", "네."라고 해야 하는데 목이 메어 말이 나오지 않았다.

"학생 말고 아무도 없나요?"라고 다시 묻는다. 흔들리는 의사의 눈빛에 나는 손이 바르르 떨린다.

"엄마는 운명하셨어요⋯." 삑! 귀에서 소리가 난다.

몸이 붕 떠 있는 느낌이다. "아저씨 거짓말이지요? 우리 엄마 죽었다는 거 거짓말이지요? 그쵸! 거짓말이지요? 맞죠?" 의사의 눈을 보며 매달린다. 의사가 말로 설명이 안 되는 표정으로 나를 바라본다. 순간 의사의 팔을 잡았다. 목소리가 나오지 않았다. 뭐라고 말을 해야 했지만 말이 나오지 않는다. 의사는 힘없이 그냥 나에게 몸을 맡긴 채 서 있다. 그 뒤에 서 있던 간호원이 "학생 그 손 놓고 이리 와서 마지막으로 엄마 보세요."라며 나를 부른다. "마지막? 마지막! 왜 마지막이야! 왜!"

방금까지도 엄마와 한방에 누워 있었고 방금까지 엄마와 택시를 탔고 방금까지 엄마는 살아 있었다.

왜? 왜 마지막이야. 왜!!!

인정할 수 없다. 아니 이건 모두 거짓말이야. 모두 꿈일 거야. 맞아 꿈이야. 드디어 목소리가 터진다. 고래고래 소리를 지른다. "아니야!!!! 모두 거짓말이야!!! 다 거짓말쟁이들이야!!!" 간호원이 나를 잡는다. 간호원을 밀쳐 낸다. 미칠 것 같다. 심장이 터질 거 같다.

순간 나도 죽어야 한다. 누군가 나에게 명령했다! 여기서 죽어야 한다고! 벽에 내 머리를 내리친다. 쾅! 하는 소리가 났다. 더 세게 머리를 벽에 박는다.

맞다! 지금 여기서 엄마랑 나도 같이 죽는 거다. 눈앞이 보이지 않는다. 뜨거운 피가 눈으로 들어온다. 씩씩거리는 나의 거친 숨소리에 누군가 비명을 지른다.

더 빨리 더 세게 머리를 박아 여기서 끝내자. 이제 아무도 없지 않은가. 슬픔 따위도 고통도 없다. 아빠 곁으로. 아직 천당 입구도 못 간 엄마를 빨리 따라가야 한다. 죽자! 죽어! 마지막으로 더 세게 온 힘을 다해 머리를 벽으로 내리친다.

그때 누군가 내 등을 잡았다. 얼마나 세게 잡는지 뒤로 넘어졌다. 바닥으로 함께 구른다. 사람들이 몰려왔다.

그냥 나를 이대로 죽여 줬으면 좋겠다. 제발 여기서 끝내 주길….

나는 이제 영원히 혼자다.

* * *

몸이 붕 떠 있다. 물 위에 있는 건가?

누군가 나를 부른다. 어…. 아빠? 아빠가 손을 내민다. 그 뒤에 엄마의 화난 목소리가 들린다. "민지야! 여기서 뭐해! 아빠 손 당장 놔!" 엄마는 차갑고 냉정한 얼굴로 나를 쏘아봤다. "엄마? 그런데 엄마 괜찮아?"라고 물었다. 엄마가 환하게 웃는다.

엄마, 아빠가 등을 돌려 걸어간다. 나와 점점 멀어져 간다. 아주 천천히….

"엄마 같이 가요! 잠깐만! 기다려 줘요!"

미친 듯이 따라가려고 하지만 발이 떨어지지 않는다. 몸에 무거운 쇳덩어리가 붙어 있는 듯 전혀 움직일 수가 없다. 그러더니 순식간에 엄마, 아빠가 모두 확 사라진다. "헉!" 꿈틀하는 내 몸에 내가 놀라 눈을 뜬다.

아…. 머리가 무겁다. 숨이 마셔지지 않는다. 뭐지? 하고 주위를 둘러본다. 여기는 병원? 나는 왜 여기에 있을까? 옆으로 몸을 돌려 앉아본다. 팔이 따끔하다. 링거 바늘이 꼽혀 있다.

왜? 하는 순간 모든 기억이 떠오른다.

주사 바늘을 뽑고 일어난다. 그리고 정면에 보이는 거울 앞으로 걸어가서 어둠 속에 비춰진 나를 본다. 얼굴이 부어 있다. 자세히 보니 꿰맨 자국이다. 한참이나 서서 나를 본다.

아무런 감정을 느낄 수가 없다.

세면대 옆 수건에 물을 적셔 소독약을 닦는다.

거울 옆 옷장을 열고 피가 흥건히 묻은 내 옷을 꺼낸다. 그리고 병원 옷을 벗고 다시 내 옷을 입는다. 아빠 사진이 붙어 있는 내 핸드폰을 그대로 둔 채 병실 밖으로 걸어 나간다.

아무도 없다. 간호원도 자리에 없었다. 천천히 그리고 조용히 계단으로 내려간다. 그렇게 나는 병원에서 나왔다.

그리고 무작정 걷는다.

갈 곳도 없고 가고 싶은 곳도 없이 그냥 걷는다.

바람이 시원하다. 슬프지만 자유롭다. 엄마가 떠났는데 내가 이럴 수가 있다는 걸 믿을 수가 없다.

분명한 건 정말 오랜만에 느껴 보는 자유로움에 나는 취해 있다. 이 기적인 내 모습에 스스로의 역겨움을 느낀다.

나는 누구인가?

소리 없는 눈물이 흐른다.

그래서 걷고 또 걷는다.

인연

Blessed destiny

뿌드득뿌드득 소리가 좋다. 오늘도 설거지가 산더미다. 주방에서 뜨거운 물로 설거지 중이다.

'간바르여상' 장사 잘되는 동네 일본 라멘집이다.

가족이 운영하는 식당인데 먹여 주고 재워도 주고 월급도 준다. 점심부터 시작해서 저녁 9시가 되면 끝나는 일이다. 쉬는 날도 꼬박꼬박 챙겨 줘서 어렵지 않게 지낸다.

나는 설거지를 할 때면 나는 세상 모든 걱정이 없어진다. 깨끗하게 닦이는 그릇을 보다 보면 내 마음도 깨끗해지는 것 같다.

마지막 정리를 하고 밤바람을 맞으며 숙소로 오는 길에 잠깐 앉아 담배를 꺼내어 피워 본다.

복숭아 냄새 가득한 담배를 깊이 빨고 뱉는다. 그때 홀에서 서빙하는 진형이가 나를 따라 왔는지 눈웃음을 치며 검정색 봉투를 보여 주며 앉는다. 봉투에서 소주 두 병을 꺼낸다. 그리고 하나는 내 앞에 두고 또 하나는 자기 앞에. 안주는 매운 새우깡이다.

말없이 소주병을 열고 한 입 마신다. 진형이도 병을 열어. 크게 한 모금 마신다.

하늘을 올려 본다. 별이 없다. 뜬금없이 새우깡 하나를 내 입에 넣어 준다. "품!", "묵으라!" 진형이가 말한다. "이 가시나야! 니는 내가 챙겨 줘야 안 되겠나!", "품!" 웃음이 났다. "걱정 마라. 이 새끼야. 누가 이런 나를 쳐다나 보겠냐? 신경 꺼도 된다." 진형이가 미안하다는 듯 나를 보며 "그게 아이다." 술 한 모금을 더 마신다.

맞다. 그날 입은 상처가 이마와 얼굴에 남아 있다. 화장을 해도 흔적이 또렷했다. 그도 그럴 것이 그날 이후 병원에 가지 않았다. 실밥도 내가 뽑았고 그렇게 얼굴에 흉터로 남았다. 진형이가 묻는다. "가시나야. 니 참 이상테이! 여자라믄 이쁜 얼굴 할라꼬 성형하고 뭐 맞고 넣고 하는데 니는 왜 관심이 없노? 느 참 특이하데이!" 소주를 들고 한 모금 크게 마신다. 진형에게 말한다. "나는 병원이 싫어! 아주 많이.", "그래도 얼굴 흉터는 가서 지워야 안 카나!", "내가 볼 때 니는 그 흉만 지우면 연예인이다. 이 염병할 가시나야."라며 웃으며 말한다.

너는 절대 모를 거야. 병원에 내가 무엇을 두고 왔는지….

엄마의 마지막을 볼 수 없어서 아니 그게 마지막이라는 걸 인정할 수 없어서 말이야……. 담배 연기를 뱉으며 하늘을 보고 속으로 소리쳐 외쳐 본다.

어느새 우리는 의자에 앉아 소주를 3병째 마시고 있다. 새우깡은 반

이상이 남아 있다. 진형이가 뜬금없이 노래를 부르더니 미친놈처럼 춤을 추며 실실 웃고 있다. "민지 이 가시나야. 내일 우리 쉬는 날인데 노래방이나 가자!" 멍하니 쳐다본다. "가자! 빨리 가자! 돈은 내가 낼 테니 니는 그냥 듣기만 해 주면 안 되나?" 나는 그냥 웃었다. "내 혼자 노래방에 가서 노래하고 춤추면 미친놈이라고 할 테니까네. 그냥 니는 앉아서 들어도 되고 아님 술이나 땡기라!" 술? 귀가 번쩍한다. 그래 좋다. 나는 가서 술이나 마셔야겠다. 우리는 함께 일어났다. 숙소 건너편에 질리바 노래방이 새로 생긴 걸 알고 있었다. 일주일 전부터 코스프레 복장의 여자들이 전단지를 돌리며 홍보하고 있었고 은근히 진형이는 그중 한 여자에게 관심이 있다는 걸 말이다.

게다가 한 시간 이용 시 한 시간이 공짜라고 했던 그 유혹을 우리는 피할 수가 없었다.

질러바라고 써진 노래방으로 들어간다. 진형이가 카운터에 서서 또 박또박 표준어로 물어본다. "한 시간 이용할 건데 한 시간 무료 맞나요?" 진형이가 찍었던 바로 그 여자가 요상한 복장으로 있었다. 혀 짧은 소리로 말한다.

주인장이 바뀌면서 한 시간 이용 시 한 시간이 무료라고 친절하게 안내한다. 또 가장 많이 질러 주는 손님에게 음료가 무료라고…. 진형이가 "아싸!! 두 시간 동안 신나게 놀아 보자!"라며 홍을 낸다. 애처럼 좋아하는 진형이랑 카운터에 7번 방을 배정받았다. 콧노래 하는 진형이 뒤를 따라갈 때 카운터 옆에서 마이크를 소독하던 여자가 나를 뚫어지게 처다본다. 뭐지? 뭘 보는 거야?라는 생각이 끝나기 전에 여자가 나를 부른다. "민지야! 민지 맞지? 민지지?" 순간 멍해진다.

찬찬히 찐한 화장 뒤로 보이는 얼굴⋯. 맞다. 세 번째 외숙모다. 카운터 앞으로 나오더니 나를 붙잡고 울음을 터트린다. "민지 맞네. 우리 조카 민지 맞네! 도대체 어디 있었어? 왜 연락을 안 해! 그렇게 나가서 없어지면 어떻게 해!"

나는 그냥 멍하니 서 있다. 진형이가 술이 깨는지 우리를 바라보고 있다.

"민지야 이리 와서 이야기 좀 하자!" 그러더니 누군가를 부르자 또 다른 코스프레 복장을 한 아가씨 한 명이 나와 카운터로 들어가 외숙모가 하던 일을 한다. 외숙모는 내 손을 잡고 빈방으로 끌었고 진형이는 그대로 카운터에 서 있었다.

외숙모와 방에 앉았다. 눈물을 흘리며 내 손을 잡는 외숙모와는 달리 나는 할 말이 없었다. 고개만 숙일 뿐⋯. 외숙모는 눈물을 닦으며 "그렇게 네가 없어지고 병원 기록에 남아 있던 내 전화번호로 연락이 왔었어. 이미 엄마는 돌아가시고 전에 장기 기증에 서명을 하셨는지 엄마는 다섯 사람에게 소중한 생명을 나누어 주고 가셨어." 눈물이 왈칵 쏟아진다. 외숙모는 내 얼굴을 만지며 "민지야 힘들었지? 나도 남편 없이 애들 키우고 돈 벌어 가게 차린다고 안 해 본 일이 없었어. 내가 조금 더 너에게 신경을 썼어야 했는데 정말 미안하다⋯." 나는 소리 내어 외숙모 무릎에 엎드려 아이처럼 엉엉 울고 있다.

처음이다. 누군가 나에게 미안하다고, 미안하다고 고생했다고…. 이렇게 복잡하고 힘든 이 순간 그렇게 말해 주는 사람.

맞다. 난 강한 척했지만 약했고 무서웠다. 하지만 아무도 없었다. 그래서 엄마를 바라볼 용기가 없었고 마지막 엄마를 두고 나온 게 지금까지 괴롭고 또 괴로웠다.

그동안 참아 온 설움이 밀려와 오열하고 있다. 시끄러운 노래와 사람들의 괴성 덕분에 우는 소리를 숨길 수 있었다. 테이블에 있던 물병 뚜껑을 따 나에게 건네준다. "민지야 지금은 어디에 있어?" 내 얼굴을 보던 외숙모는 깜짝 놀라며 "얼굴은 이게 뭐야?" 하더니 찬찬히 내 얼굴에 흉터를 본다.

식당에서 설거지를 한다는 말을 듣던 외숙모가 어이없어 하며 나를 본다.

게다가 그 간바르여상 라멘집은 외숙모도 가끔 가서 먹었던 곳인데 나는 안쪽에 있으니 서로 볼 수가 없었다.

"부모 없는 설움을 니가 겪는구나. 나는 부모 얼굴도 기억 못 하고 자라서 그런가 하고 살았지만 너는…. 삼촌들이 어쩌면 너에게 그럴 수가 있니? 사람도 아니지. 사람도!"

화가 가득 찬 목소리로 외숙모가 말한다.

"민지야 너만 괜찮으면 우리 집으로 올래? 아니 그냥 와. 네가 거기서 얼마나 고생을 했겠어? 얼굴도 외숙모가 수술해 줄게." 내가 건네준 물을 외숙모가 벌컥벌컥 마신다.

"이게 내가 돌아가신 너희 부모님께 해 드릴 수 있는 마지막 예의이지 않을까?"

그렇게 내가 놓치고 있었던 것들을 하나둘씩 외숙모가 이야기해 주기 시작했다.

엄마는 바로 화장을 했고 아버지가 계신 납골당에 함께 모셨는데 놀랍게도 비용과 마무리까지 지홍이라는 청년이 도와주었다고 했다.

지홍? 아… 편의점 지홍 아저씨….

오랫동안 잊고 있었던 지홍 오빠….

세상에 그런 청년 찾기 힘들다며 정리하지 못한 월세방 살림살이와 옷, 모든 정리도 오빠가 해 주었다는 이야기도…. 외숙모는 꼭 지홍 청년에게 연락하라고 당부한다.

삼촌들은 어머니가 돌아가신 후 장례식 때 한 번 얼굴을 비췄을 뿐 그 후 소식은 없다고. 그 말을 들었을 때 나는 놀랍게도 아무런 감정이 없었다. 전에는 화가 났고 쓰레기 취급을 했었다면 지금은 더 이상 그런 감정조차 남아 있지 않았다. 그따위 감정마저도 시간 낭비고 내 에너지 낭비다. 그리고 무엇보다도 인간으로 보이지 않아서다.

그렇게 외숙모와 방에서 나오자 진형이는 카운터 아가씨와 시간 가는 줄 모르고 한참이나 이야기 중이다. 표준말을 또박또박 써 가며 이야기하는 진형이와 눈이 마주친다. 둘은 우리를 보더니 조용해진다.

외숙모는 카운터 안에 지갑을 찾아 열어 가지고 있는 현금을 모두 내 손에 쥐여 준다. "민지야 빨리 식당일 정리해. 외숙모가 데리러 갈게.

71

아니다. 네가 있는 곳을 알려 줘." 외숙모가 스마트폰을 연다. "전화번호도 주고."

진형이가 끼어든다. "얘는 전화기도 없어요! 아무하고도 연락하는 걸 못 봤다니까요! 다들 고아줄 알아요." 고아라는 단어에 순간 내가 움찔해진다. 외숙모는 아무렇지 않았다. 외숙모가 진형에게 "그럼 청년 전화번호를 우선 줘요." 진형이가 외숙모에게 전화번호를 받아 전화를 한다. 그리고 나와 진형이는 노래방을 나온다.

밤바람이 시원하다. 진형이가 내 얼굴을 보면서 "니 이제 그만둘끼가? 세상 한번 진짜로 좁데이! 니 나한테 한 턱 쏴야 하는 거 아이가? 내가 니 가족 찾아 준 거데이!" 가는 내내 신나서 떠들어 댄다.

하지만 모르겠다. 나는 지금 충분히 편하고 만족스럽다.

모르겠다. 시간이 좀 더 필요하다.

다음 날 아침. 벌써 외숙모는 숙소로 와 있었다. 눈도 아직 못 떴는데 방 안으로 들어와서 물건들을 살핀다.

"민지야 너는 먼저 씻고 있어. 외숙모가 짐 대충 싸고 있을 테니까!"

대답을 하기도 전에 가지고 온 여행 가방에 주섬주섬 옷가지와 짐을 싸기 시작했다. 아마도 내가 생각하기 전 이미 결론은 난 듯하다. "외숙모 그래도 아직 사장님과 다른 사람에게 이야기도 못 했고. 아직⋯."

외숙모가 단호하게 말을 자른다. "어제 저녁에 이야기했어. 너 아직 고등학교 졸업도 안 했고 아직 어리다고. 그래도 사람들이 좋더라. 바로 이해하더라. 데리고 가라고!"

화장실로 들어가 뜨거운 물을 틀고 옷을 벗는다. 금방 따뜻해진 욕실에 비춰진 거울로 나를 본다. 희망도 있었지만 아직 두려움이 더 많다. 얼굴에 흉터를 보면서 바로 뜨거운 물로 얼굴을 닦는다.

외숙모 집으로 왔다. 작고 오래된 아파트다.

방은 3개였고 남자아이 둘과 함께 살고 있었다. 큰아들은 호준이고 막내는 호진이다. 다행히도 세 번째 삼촌은 없었다. 처음부터 결혼이 아니었으니 이혼도 필요 없었다. 아이들은 아직 어렸고 나를 기억하고 있어서였는지 바로 친해졌다. 아이들을 보니 마음이 놓인다. 외숙모가 밥이랑 불고기를 한 상 차려 내왔다. 아이들은 "우와~ 고기다."라며 밥에 외숙모가 올려 주는 고기에 밥을 맛나게 먹는다.

외숙모가 내 밥 위에 고기를 올려 준다. "민지야 많이 먹어라 고생했어."

말없이 고기를 받아 먹는다. "당분간 집에서 쉬고 있어. 나는 일하러 나가야 하니까 애들하고 놀면서."

나갈 준비를 하는지 일어나 방으로 들어가 화장을 한다. 터질 듯한 볼에 밥풀을 묻힌 막내를 보는데 웃음이 난다. 초롱초롱한 아이들의 눈을 보며 걱정 없이 살던 나를 기억한다. 원하는 모든 것을 가질 수 있었던 내 세상 속 우리 가족들과 시간들….

외숙모가 외출 준비를 마치고 나가기 전 나에게 전화기를 준다. "민지야 이거 네 전화기. 병원에서 나한테 줬는데 언젠가 너를 만날 거라 생각해서 가지고 있었어. 그리고 우현인가?", "우연이요. 이우연."라고 말하자 "응. 그 학생이 거의 매일 전화 와서 너를 찾았어. 학교에서 담임 선생님에게 전화 왔었구…. 천천히 전화기 보면서 연락해 줘."

외숙모가 신발을 신자 호준이가 현관으로 나가며 익숙하게 "엄마 안녕히 다녀오세여."라고 한다. 조그만 아이들이 이쁜 입으로 이쁘게도 말한다. 외숙모가 어떻게 돈을 벌었던 아이들에게 최선을 다해 키우는 걸 보면서 사람은 환경이 문제가 아니라 책임감이 더 중요한 문제임을 깨닫게 한다.

아이들을 TV 앞에 앉혔다. 그리고 교육 방송을 틀어 보게 하고 나는 설거지를 한다. 간소한 살림살이가 보인다. 있을 것만 딱 있는 주방에서 설거지를 마치고 젖은 손을 수건으로 닦는다. 의자에 앉아 아빠 사진이 붙어 있는 전화기를 켜 본다. 손이 미세하게 떨린다. 어떤 메시지가 있을지 누가 연락을 했는지….

이 시간이 기쁘지만은 않다. 아직도 나는 두려움을 느낀다. 전원을 켜자마자 밀린 카톡과 문자가 한꺼번에 우르르 뜬다. 알람 소리가 요란하다.

하나씩 천천히 순서대로 읽어 본다.

가장 많은 톡은 우연이었다. 거의 매일 왔다. 어떤 날은 하루에 여러 번 톡을 보내고 전화를 했었다.

'어디 있냐. 전화해라.' 마지막 톡은 '미친년아 어디냐….'

지홍 오빠도 많은 톡과 문자 그리고 전화를 했었다. 문자에는 생각하지도 못했던 엄마의 마지막 모습을 고스란히 사진으로 기록해서 보내주었다.

엄마의 장례식과 발인 후 화장 그리고 항아리에 넣은 마지막 사진까지 꼼꼼하게 하나하나….

날짜와 날씨, 나에게 보내는 응원 문자까지.

고마운 지홍 오빠. 미안함과 밀려드는 서러움이 또다시 나를 복받쳐 울게 한다. 막내가 걱정스런 눈으로 나에게 다가왔다. "민지 누나 울어요? 왜 울어요? 슬퍼요?" 금방이라도 아이들이 따라서 울 것 같았다. 빨리 눈물을 닦는다. "아니야. 안 울어. 좋아서 그래. 좋아서." 그러자 큰아이가 말한다. "누나 신나서 그래? 우리 엄마는 아빠가 막 때려서 울었어요."라고 한다. 아…. 셋째 삼촌은 자기 자식들에게 온갖 추태를 보인 듯했다. 나는 모든 삼촌들을 인간으로 생각하지 않는다.

영원히!

베란다로 나간다. 심호흡을 하고 우연이에게 먼저 톡을 남긴다. 그리고 지홍 오빠에게 문자를 하는 순간 바로 전화가 울린다. 우연이다. "야! 이 나쁜 년아!" 받자마자 쌍욕이다. "응, 우연아." 우연이가 쉬지 않고 말한다. 나무늘보 같은 우연이는 쉬지 않고 소리를 질러 댔다. 전쟁 영화에 나오는 기관총처럼 쉬지 않았다.

결국은 만나서 이야기하기로 하고 끊자 바로 또 전화가 울린다. 지홍 오빠다. 순간 망설여진다. 미안하고 죄스럽다. 내가 못한 일을 모두 다

처리해 준 오빠를 대할 용기가 안 난다. 전화가 끊긴다. 그런데 이상했다. 오랫동안 나는 전화비를 내지 않았다. 분명히 전화가 끊겨야 하는데 왜 되는지 알 수가 없었다.

왜지?라는 생각을 하고 있는데 또 전화가 울린다. 지홍 오빠다. 다시한번 심호흡을 한다. 그리고 전화를 받았다. 내가 먼저 말한다. "오빠."

지홍 오빠가 한 박자 쉬고 말한다. "와! 진짜 오랜만이다! 민지야!"

지금 만나자고 한다.

아이들이 있어서 외숙모가 오기 전에는 못 간다고 하자 아이들을 대리고 나오라고 한다. 집 앞까지 온다니까 그럼 아파트 놀이터에서 만나기로 하고 전화를 끊는다.

여행 가방을 열어 가지고 있는 옷 중 깨끗한 옷을 찾는다. 청바지에 흰 티. 머리를 빗으려 거울 앞에 선다. 얼굴에 상처를 가릴 수가 없다. 그냥 깨끗하게 머리를 하나로 묶었다. 로션을 바르고 아이들 옷을 입혀 집 앞 놀이터로 나간다. 막내 호진이가 신나서 뛰어가 그네를 잡고 탄다. 웃는 아이들의 표정과 소리가 나를 기쁘게 했다.

잘 온 거 같다. 뒤에서 누군가 나를 부른다. 지홍 오빠다. 오늘도 손에는 여전히 검정 봉투가 들려 있다. 나를 보자 빠르게 달려온다.

바로 내 앞에 서서 나를 본다. 머리부터 발끝까지 샅샅이 살펴보던 오빠의 눈은 내 얼굴 흉터에서 멈춘다. 그리고 첫마디. "와! 민지 터프한데! 걸 크러쉬!" 웃음이 터졌다. 미안하고 고마워서 눈물이 날 줄 알았는데 말이다. 다시 느낀다. 오빠는 정말 좋은 사람이다.

그네를 타고 놀던 아이들이 지홍 오빠를 보자 한 번에 달려와 살핀다. "누나 누구야? 이 형아 누구야? 좋은 사람이야?"라고 묻는다. "응. 이 오빠는 많이 좋은 사람이야." 그러자 막내가 한마디 한다. "그럼 때리지도 않아?" 지홍 오빠가 아이들을 안아 번쩍 들어 올려 준다. "아이구, 이쁜 애기들아. 이 형아가 김밥이랑 우유도 가져왔지! 과자도 있어요!"라며 검정 봉투를 열어 보여 준다. 순간 아이들이 와! 하는 감탄사를 냈다.

우리는 그늘을 찾기 시작했다. 그리고 그리로 가서 맨바닥에 앉아 김밥과 우유를 먹기 시작했다. 아이들은 방금 고기에 밥을 먹고 왔지만 며칠이나 굶은 아이처럼 허겁지겁 맛나게도 먹는다. 그런 아이들과 나를 지홍 오빠가 바라본다.

"오빠 미안해. 정말⋯." 말이 끝나기 전에 오빠가 먼저 말한다. "충분히 그럴 수 있었어. 나 같아도 그랬을 거야. 이렇게 다시 왔잖아. 그걸로 됐어."

지홍 오빠는 천사일까? 남자 천사. 어떻게 이렇게 말해 줄 수 있을까⋯.

삼촌 같은 인간쓰레기도 있지만 세상에는 이렇게 착한 사람도 있으니 멸망하지 않고 굴러가나 보다. 내가 지은 죄를 내가 아는데 이렇게⋯ 이렇게 감싸 줄 수 있을까⋯.

오빠가 나를 보더니 빙그레 웃으며 말한다. "이럴 줄 알고 민지 전화 내가 계속 통신료 내고 있었지롱~ 롱롱롱~." 순수하고 착한 오빠를 보면서 마지막 오빠에게 느꼈던 감정이 떠오른다.

든든한 힘! 말로 할 수 없는 그런 의지와 믿음이 힘으로 느껴진다.

"오빠 담 달에 군대 가는데 혹시나 못 만날까 걱정했었어. 이제 약속해 내 전화 꼭 받는다구." 나는 천사 같은 지홍 오빠를 보며 웃으며 고개를 힘차게 끄덕인다. 한 시간이나 지났을까 오빠는 편의점으로 돌아가야 한다며 일어났고 아파트 문 앞까지 아이들 손을 잡고 데려다주었다. 그리고 나에게 손을 내밀며 악수를 청했다. "민지야 고마워."라고 오빠의 눈을 본다. "왜 오빠가 고마워? 내가 고맙지." 오빠가 나를 보며 웃는다.

"고마워 민지야."라고 한 번 더 말하더니 발길을 돌린다.

순간 나는 알았다. 오빠와의 인연이 생각보다 깊어질 거라는 걸….

저녁에 돌아온 외숙모가 옷을 갈아입기도 전에 명함을 건네준다. "민지야 성형외과 원장님이야. 화상 전문 의사 샘이었는데 지금은 성형외과 하셔. 강남에서 제일 잘나가는 샘인데 감쪽같이 없어지진 않아도 지금보다 나을 거야. 꼭 수술받아. 세상 예쁜 네 얼굴에 이게 웬일이니!" 외숙모가 고맙기는 하지만 막상 나는 그렇게 수술을 해 가면서 지울 생각은 없었다. 뭐랄까. 엄마와의 마지막 기억이랄까….

평생 이 상처를 거울로 보면서 엄마의 마지막 날을 기억하고 싶었다. 내가 한 몹쓸 짓을…….

생각에 잠긴 나를 보며 눈치를 챘는지 외숙모가 "민지야 너 아직 어려. 꼭 지워야 한다."라며 못을 박는다.

방으로 들어가 눕는다. 지홍 오빠 생각이 난다. 엄마 생각이 더 날 줄 알았는데 놀랍게도 지홍 오빠의 눈과 반가워했던 미소가 머릿속에 맴돌았다.

아이들이 방으로 들어온다. 책을 들고 와서는 읽어 달란다. 그럼 읽어 주고 말고. 이쁜 우리 조카들….

* * *

병원 대기실에 앉아 있다. 수술 전 아침을 먹지 말라고 해서 빈속이라 배 속에서 천둥 치는 소리가 난다. 벽에 걸린 원장님의 사진을 보니 꽤나 유명한가 보다. 방송에도 여러 번 나왔고 심지어 잘생겨서 순간 배우라고 착각했다. 'Dr. 전지훈'

전화가 울린다. 지홍 오빠다. "민지야. 수술 잘 받고 끝날 때쯤 내가 가서 모실게요."라며 전화를 끊는다.

데스크에서 간호원이 내 이름을 부른다. 준비가 된 듯하다. 가운으로 갈아입고 딱딱한 병원 침대에 눕는다. 차가운 알코올을 얼굴 가득 바른다. 그리고 의사 선생님이 내 사진을 가지고 들어와서 앉으며 말한다.

"자! 시작합니다." 따따다닥 하는 소리가 쉬지 않고 났다. 부분 마취를 했는데도 따가움을 느꼈다. 천장에 달려 있는 눈부신 수술 의료 라이트를 보면서 문득 엄마가 생각난다.

아무도 없었던 그곳에서 얼마나 두려웠을까. 나를 두고 가야 하는 엄마가 어땠을까 생각하니 눈물이 흐른다. 의사 선생님이 "아이쿠 마취해도 아픈가 봐요! 살살 해 줄게요." 간호원이 내 손을 잡아 준다. 온기를 느낀다.

그날 우리 엄마 손은 누가 잡아 주었을까? 홀로 남겨진 엄마 생각에 눈물이 멈추지 않자 의사 선생님이 간호원에게 환자가 아픔을 느끼니 전신 마취를 하라고 지시한다.

그렇게 나는 잠이 든다.

눈을 떠 보니 지홍 오빠가 옆에 있다. "아이쿠 잠꾸러기! 일어 나셨어요?" 간호원이 한마디 한다. 많이 아프셨나 봐요. "수술 내내 눈물이 흐르던데요. 보통은 그 정도의 고통을 못 느끼는데 예민하신가 봐요."

그 말에 지홍 오빠가 눈치를 챘는지 멈칫한다. "저희 움직여도 되는 거지요?" 간호원이 "그럼요. 샤워할 때 조심하시면 되고 일상생활에는 전혀 관계가 없으니 가셔도 되어요. 약 처방받은 거 드시고 절대 얼굴 만지지 마세요." 오빠는 신발을 챙겨 내 앞으로 가져온다. 침대에 나를 앉혀 두고 왼발부터 신발을 신겨 준다. 간호원이 부럽다는 눈길로 우리를 보더니 웃으면서 나간다.

그렇게 지홍 오빠에게 부축을 받으며 걸어 나온다. 고맙게도 오빠는 차를 가져왔고 그 차에 앉혀 안전벨트를 매 준다. 몽롱하다. 움직일 때마다 오빠의 향기가 느껴졌다. 아빠와는 다른 냄새. 처음으로 오빠를 가깝게 본다. 이상하기보다는 편안하고 푸근한 느낌이 든다. 그렇게 또 나는 잠 속으로 빠진다.

얼마나 잤는지 눈을 뜨자 오빠가 차안 운전대에 엎드려 자고 있다. 얼마나 잔 걸까 시계를 보니 세 시간은 족히 잔 듯하다. 오빠가 눈을 뜨더니 깜짝 놀란다. 나를 보며 빙그레 웃는다. "민지가 하도 곤히 자니까 깨우질 못하겠더라구. 나도 모르게 잠들었나 봐. 덕분에 숙면했어!" 쑥스러운지 크게 웃었다. "깨우지 그랬어요." 오빠가 말한다. "너를 만난 지금까지 오늘이 가장 편안한 얼굴이었어. 그냥 그대로 두고 싶더라구." 순간 오빠에게 달려들어 입술에 키스를 했다.

훅 들어온 나에게 놀랐는지 움찔하다가 그대로 나를 받아 준다. 우리는 조용히 그렇게 첫 키스를 했다.

나의 첫 남자. 세상에서 가장 편안한 내 남자.

* * *

학교 가는 길이다.

오빠와 약속한 게 있다. 우선 고등학교를 졸업하고 앞으로 무엇을 할지에 대한 고민은 나중에 하기로. 오빠는 대학생이었고 이번 달에 군대를 갈 예정이다. 대학생이었기 때문에 미성년자인 내가 먼저 들이대는 걸 부담스러워했다. 그래서 일정한 거리를 두고 내가 성인이 되길 기다린다고 했다. 오빠는 정말 좋은 사람이다. 우리 아빠 다음으로 말이다. 어떻게 생각하면 이런 게 운명인가? 말도 안 되는 일들이 다 이유가 있어서 그런 건가? 하는 생각이 든다.

오늘도 우연이는 책상에 엎드려 자고 있다. 하지만 나는 안다. 자는 척하고 있을 뿐 두 귀로는 다 듣고 있다는 걸. 우연이에게 사진을 보낸다. 오빠와 카페에서 찍은 사진과 볼에 뽀뽀하는 사진까지.

저녁이 되어서야 답장이 온다. '미친년.' 역시 우연이 답다. 애들하고 저녁을 먹고 설거지를 마쳤다. 오빠와 통화를 한다. 군대 가기 겁나지 않는지 물어보니 대한민국 남자는 두려움이 없다나 뭐라나….

잠깐 TV를 보다가 잠든 아이들을 방 안으로 눕히고 나도 방으로 들어가 불을 끈다.

금요일 아침 눈을 뜬다.

오늘은 애들하고 오빠랑 놀이 공원에 놀러가기로 한 날이다. 빨리 학교 갔다가 집으로 와서 놀 생각을 하니 신이 났다. 어린이집 가는 조카들도 신이 나는지 눈이 반짝반짝하다.

지루한 학교 수업을 마치고 집으로 가던 중 우연이가 웬일로 버스를 타려고 정류장에 서 있다. 잠깐 수다라도 떨어 볼까 나도 버스를 탄다. 사람이 얼마나 많은지 타기가 힘들었지만 꾸역꾸역 밀고 들어가 겨우 앞문 계단을 밟고 섰다. 우연이를 찾아본다. 저기 중간 문 뒤쪽에 끼어 있는 우연이가 보인다. 사람들을 밀쳐 내고 뒤로 가려 했지만 어림도 없다. 손잡이를 잡을 필요도 없이 빽빽했고 차가 움직이는 데로 모두 함께 밀리고 흔들렸다. 그때 우연이가 내린다. 나도 빨리 내려야 하는데 버스가 출발한다. "기사 아저씨! 저 내려요! 세워 주세요!" 아저씨가 짜증을 낸다. 정거장에서만 세울 수 있다며 다음 정거장에서 내리라고….

헐! 다음 정거장에서 나는 겨우 내려 뒤로 돌아 빠르게 걸어간다. 젠장! 간만에 우연이랑 수다 좀 떨려고 탄 버스에서 이렇게 분리되다니 말도 안 된다. 저기 우연이가 보인다. "우연아! 이우연!" 평소와는 다르게 우연이가 빠르게 걷고 있었다. 이상하다. 우연이는 내가 불러도 듣지 못했다. "우연아!" 목이 터져라 부르는데 요란한 앰뷸런스 소리가 났다. 어! 불이라도 났나?

동네 사람들이 죄들 나온 듯했다. 하지만 다들 빈손이었고 빈손인 걸 보면 불은 아닌 것 같았다. 우연이를 다시 불러본다. "우연아!" 우연이가 듣지도 못하고 미친 듯이 더 빠르게 뛰어간다. 어머! 나무늘보 같은 우연이가 우사인 볼트보다 더 빠르게 자기 집 쪽으로 뛰어간다. 대체 무슨 일일까? 궁금한 건 못 참는 나니까 우사인 볼트는 아니지만 그런대로 우연이를 따라간다. 아파트 입구가 열려 있고 소방차와 경찰차가 와 있다. 그 안으로 들어가 엘리베이터를 기다리는데 나와 있던 사람들이 웅성거리며 무슨 이야기를 하고 있었다. 가만히 들어보니 우연이네 가족들 이야기를 하는 듯했다. 뭐라는 거지? 무슨 일이지? 우연이는 벌써 집으로 올라간 듯했다. 우연이가 18층에 살던가? 하는 순간 땡! 하고 엘리베이터 소리가 났다. 빨리 올라타서 버튼을 눌렀다. 오늘따라 왜 이리 늦게 올라가는지 올라가는 내내 걱정이 가득하다.

땡! 스르륵! 문이 열리자 헉! 소방관 아저씨들과 구급 대원 아저씨들이 보였다.

긴장감이 가득했고 모두 움직이지 않았다. 뭐지? 이 상황 뭐지?

그때 우연이의 거친 목소리가 들렸다.

"엄마!"

나는 우연이를 아주 잘 알고 있다. 아니 눈빛, 숨소리만 들어도 우연이의 감정을 읽을 수 있을 만큼 우리는 가깝다.

나는 지금껏 단 한 번도 이렇게 우연이의 다급한 목소리를 들어 본적이 없다. 그래서 순간적으로 알 수 있었다. 지금 어떤 상황인지!

아저씨들이 우르르 집 안으로 쏟아져 들어갔고 나는 멍하니 서서 보고만 있었다. 우연이가 엄마의 다리를 부여잡고 소리를 지른다. 아저씨들은 우연이 엄마를 베란다에서 마루로 끌어내고 있는 중이다. 설마 자살 시도? 영화를 보는 것처럼 순식간에 벌어지는 일들에 입이 다물어지지 않았다.

우연이 엄마는 마치 미친 사람처럼 괴성을 질렀고 우연이는 그런 엄마를 부둥켜 안고 오열하고 있었다. 우연이는 엄마를 싫어했다. 아니 저주했으며 살인을 음모하기도 했고 심지어는 인터넷을 뒤져 가며 독살 계획을 세웠고 나에게 가끔 자신의 미쳐 감을 알리기도 했었다. 그런 우연이가 엄마를 부여잡고 지켜 내고 있다. 일그러진 우연이 얼굴이 보인다. 단 한 번도 보지 못했던 우연이 얼굴이다. 아저씨들이 괴성을 지르는 우연 엄마를 묶어 억지로 들것에 실었다. 얼마나 소리를 지르는지 정신이 혼미하다.

몸부림치는 우연이 엄마를 엘리베이터로 끌고 내려가는 아저씨들의 힘겨움을 지켜본다.

대체 무슨 일일까…. 멍하니 서 있는 우연이 눈에 혹시나 내가 보일까 봐 17층 계단으로 조심히 발길을 돌린다. 한 발 한 발 움직일 때마다 후들후들한 발을 딛을 수가 없었다. 계단 사이로 우연이의 우는 소리가 들렸다.

아…. 다시 올라 가서 우연이를 달래 주고 싶었다. 올라가야 할까?

하지만 자존심 강한 내 친구 이우연을 잘 알고 있기에 나는 더욱 조심스럽게 계단으로 내려왔다. 요란한 소리를 내며 앰뷸런스는 떠났고 그 뒤를 지켜보던 동네 아줌마들이 팔짱을 끼고 서서는 걱정 같은 욕을 하고 있다.

"어머 세상에 웬일이야."

"남편 친구와 바람난 주제에!"

"동네 창피하게! 애도 어리던데!"

"그나저나 집값 떨어지는 거 아니야!"

와! 순간 이곳도 제대로 된 어른 한 명이 없다는 걸 또 다시 느꼈다. 아줌마들이 나를 보더니 움찔한다. 우연인 줄 알았나 보다. 한 아줌마가 나를 알아보더니 "어머! 너 저 집 학생 친구 아니니?"라고 물었다.

겨우 갈라지는 목소리로 "네."라고 대답하자 옆에 있던 아줌마가 "학생! 저 집 애는 학교에서 어때?"라고 빈정거리듯 물었다. 순간 목구멍에서 욱하는 뜨거운 뭔가가 치밀었다.

"우연이요? 이우연이요? 전교 1등 천재 이우연이 뭐요!!!"라고 확 소리를 질렀다.

깜짝 놀란 아줌마들은 밤에 불을 켜면 도망가는 벌레처럼 재빠르게 발을 움직이며 별꼴이라는 얼굴을 하면서 사라졌다.

집으로 돌아오는 길에 수많은 생각들이 머릿속에 엉켜 답답하다.

하지만 확실하게 알게 된 게 있다. 우연이가 그렇게 저주하던 엄마의 증오는 진심이 아니라는 거다. 그걸 우연이가 알까?

왜? 이런 일이 우연이에게 벌어지는 걸까? 세상 착하고 머리 좋은 우연이에게 말이다. 이런 일은 우리 아빠 돈을 탕진하고도 뻔뻔스럽게 찾아와 살림살이마저 뜯어 가던 삼촌들이나 당해야 하는 게 아닌가 말이다. 세상은 원래 불공평한 곳이라고 그러던데 정말 그 말이 절대적인 진실인가….

집으로 돌아가자 호준이와 호진이가 나와 있다. 나를 보자 "형아! 민지 누나 왔어요! 출발! 출발해요." 흥분한 목소리가 들린다. 뒤에 있던 지홍 오빠가 나에게 손을 흔든다. "민지야. 기다리다 눈 빠지겠어요!"

＊ ＊ ＊

우리는 놀이 공원에서 신나게 놀았다. 오빠도 생전처음 놀이 공원에 왔다고 했다. 지홍 오빠는 우리 호준이와 호진이보다 더 신나고 즐거워했다. 공부를 잘해서 집 식구들의 기대가 높았고 서울 명문대를 들어갔지만 자신과 맞지 않아 휴학을 했고 아버지가 운영하는 편의점에서 일하면서 나를 만났고 이제는 군에 갈 준비 중이다. 아마도 나를 만나기 전 많은 방황을 했던 거 같은데 지금은 자신이 무엇을 해야 하는지 방향을 잡은 거 같았다. 나는 오빠에게 어느 학교를 다니는지 꿈이 뭔지 물어보지 않았다. 나 살기 바빠서였기보다는 사는 게 생각하는 대로 가는 게 아니라는 것을 알게 되어서이기도 하다.

저녁으로 우리는 돈까스를 먹었다. 아이들에게 하나하나 먹기 좋게 잘라 주는 오빠의 배려와 섬세함에 놀랐다.

종일 얼마나 신나게 놀았는지 아이들은 차 뒷좌석에서 기절한 듯이 자고 있다.

집에 도착하자 아이를 하나씩 업고 올라와 방에 눕혀 주었다.

라면 대신 커피라도 마시고 가라니까 어른이 안 계셔서 다음에 먹겠다면서 신발을 신는다. 내 꿈꾸라는 지홍 오빠를 보며 부모님 모두 돌아가시고 이런 행복을 느끼게 될 줄은 몰랐다.

맞다. 지금 나는 행복하다.

늪

Unrelenting bog

전화가 울린다. 외숙모다. 전화를 받자마자 다급한 목소리가 들렸다.

"민지야. 빨리 나와서 잠깐 가게 좀 봐 줘. 외숙모 급한 일이 생겨서 어디 좀 다녀와야 하니까 지금 바로!" 대답을 하기도 전에 전화를 끊는다. 뭐지? 목소리로 추정해 보면 급한 일 맞는 거 같다. 옷을 주섬주섬 입고 바로 질러바 노래방으로 나간다. 입구는 열려 있는데 사람이 한 명도 없었다. 뭔가 어수선한 느낌이 든다. 왜 한 명도 없지? 손님도 없고 직원도 없다. "저기요! 아무도 없나요!" 방을 들여다보니 노래 시간은 남아돌아 가고 있었지만 사람은 없었다. 테이블에는 마시던 술과 음료가 있었고 담배 냄새도 가득했다. 왜 아무도 없을까?

멍하게 있다가 차라리 청소나 할까!라는 생각이 들었다. 창고에서 비닐봉지를 찾아 꺼내고 장갑을 낀다. 1번 방부터 천천히 테이블에 있는 쓰레기를 치운다.

과자, 커피, 음료 등 그렇게 2번 방, 3번 방을 치웠다. 다음 4번 방은 나름 VIP라는 큰방이었는데 소파에 랩 같은 게 붙어 있다. 뭔가 들어 보니 헉! 콘돔이다. 아…. 더러워! 바닥으로 확 던진다. 아! 짜증 나. 더러운 인간들 왜 여기서 이 지랄들인지 모르겠다. 사람들이 모르는 사실이 있다.

각 방에는 보안을 위한 CCTV가 있다. 덕분에 사무실에서 그 안을 훤히 들여다볼 수 있다는 걸 아는지! 물론 사건 사고용으로 보관하고 있다고 하지만 수위를 넘나드는 모든 것들이 녹음되고 있다는 것을 아냔 말이다. 젊은이들이 그러면 조금이나마 이해가 간다 처도 나이 먹은 아저씨들이 어린애들 아니 더 정확히 도우미들 불러서 노는 거 보면 진짜 구토가 목을 뚫고 눈으로 나올 지경이다. 더러운 인간들. 호텔로 아니 모텔로 가지 왜 노래하는 데 와서 생지랄들인가! 하긴 얼마 전 초딩으로 보이는 애들이 단체로 와서 어른 흉내. 아니! 정확히 서로 엉켜서 성기를 만져 주는 걸 본 후 뭔가 대단히 잘못 돌아가고 있다는 걸 확신했다. 아이들 에게는

분명히 성교육이라는 게 필요하다. 모르니까 교육해야 하고 어른들은 그것에 책임이라는 것을 가르쳐야 함에도 불구하고 업자는 돈 벌기 바쁘고 부모는 바쁘다는 이유로 방치하고 아이들은 그렇게 말도 안 되는 어른 놀이를 하며 세상의 때가 묻기 시작한다.

저 더러운 걸 내가 다시 주워서 치워야 한다니 정말 끔찍하다고 생각하고 있는데 뒤에서 누군가 나를 부른다. "아가씨 여기서 뭐해?" 손님인가? 깔끔해 보이는 젊은 아저씨가 나를 보고 서 있다. 나를 보는 눈이

손님 같지는 않았다. 짧은 순간이었지만 내 머리부터 발끝까지 한눈에 스캔을 하면서 취조하는 그런 느낌이 들었다.

내 생각을 읽었는지 "아가씨 뭐냐니까?"라고 따지는 듯이 다시 묻는다. 나는 당당하게 "그럼 아저씨는 뭔데? 보면 몰라요! 청소하잖아요. 청소!"

날카로운 눈빛으로 나를 본다. 분위기가 쏴한 그때 외숙모 목소리가 들린다. "아휴 형사님. 정말 왜 그래. 이야기했잖아요. 기다리라니까요." 나를 보던 외숙모가 "민지 왔네. 뭐해?" 장갑을 낀 채 손에 쥔 봉투를 보더니 "민지야 수고했어. 집으로 들어가."라고 하더니 남자 팔짱을 끼면서 뒤로 데리고 간다. 남자는 걸어가면서도 시선을 나에게 꽂는다.

기분이 나쁘다. 눈빛…. 뭐랄까? 나에게 뭔가 두고 가서 다시 찾아오겠다는 그런 눈빛! 순간 셋째 삼촌이 생각났다. 신발을 신은 채 우리 집으로 들어와 엄마, 아빠의 물건을 들고 나가며 당당하게 나를 보던 그 흰자 가득한 눈!

등골이 오싹하다.

빨리 장갑을 벗는다. 더러운 콘돔을 치우지 않아도 되니까 다행이라는 생각을 하면서 입구로 나올 때 외숙모의 목소리가 들린다. "형사님. 아니라니까요. 진짜야. 곧 준비된다니까요!"

＊ ＊ ＊

외숙모가 외박을 했다.

어제 오늘 이틀간 집에 들어오지 않았다. 슬슬 걱정이 된다. 노래방에 무슨 일이 생긴 걸까? 사람이 없었던 것도 마지막에 들어왔던 형사도 뭔가 찜찜하고 불안했다. 전화를 걸어 본다. 어머! 전원이 꺼져 있다.

아무래도 노래방에 한 번 가 봐야 하지 않을까? 신발을 신고 노래방으로 급하게 걸어가 본다. 입구가 조용하다. 설마설마했는데 문을 열어 보니 열리지 않았다. 잠겨 있다. 뭐지? 외숙모는 어디로 간 걸까? 문 앞에 앉아서 다시 외숙모에게 전화를 걸어 본다. 여전히 전화기가 꺼져 있다. 문득 외숙모와 함께 일하던 젊은 여자가 생각났다. 코스프레 옷만 입고 카운터에서 일하던 그 여자 이름이 뭐였더라? 이브였던가? 다행히 전화번호가 있다. 전화를 걸어 본다.

뱀 같은 여자! 왜 이리 끌리는 걸까! 음악이 흘러나온다.

"여보세요.", "아! 안녕하세요. 저는 민지라구…. 혹시 기억하시는지…"

"네 조카분.", "네. 가게 문도 닫혀 있고 외숙모가 어제 집에 안 오셔서요. 걱정되어서 그러는데 혹시 어디 계신지 아시나요?", "사장님 경찰서에 있어요. 우리 당분간 영업 못 할 듯한데 아직 모르시는구나.", "헉. 왜요?" 말이 없다. "그건 사장님께 물어봐요." 바로 전화를 끊는다. 어머나! 이게 무슨 일일까? 외숙모가 경찰서에 있다니. 무슨 사고가 생긴 걸까? 대체 무슨 일일까…. 걱정이 된다.

다시 집으로 걸어간다. 현관문을 열고 들어가 방에서 곤히 잠든 아이들의 얼굴을 본다. 평온스럽다. 세상 걱정 없이 자라는 아이들이 이쁘다. 그 옆에 그대로 누워 스르르 잠이 든다.

띠띠띠띠 뚜르륵. 현관문 열리는 소리에 잠이 깬다. 누군가 현관에서 신발을 벗는다. 외숙모다. 벌떡 일어나 나간다. 피곤해 보이는 외숙모의 얼굴에 근심 걱정이 가득하다. 바로 식탁에 앉더니 물을 벌컥벌컥 마신다. "외숙모 어떻게 된 거야? 도대체 무슨 일이야? 몸은 괜찮은 거야?"

말없이 고개를 끄덕이더니 방으로 가서 잠든 아이들을 우두커니 서서 바라본다. 그리고는 다시 마루로 나와 소파에 그대로 누워 눈을 감는다. 나는 아무 말도 하지 않았다. 아니 말이 필요 없었다. 외숙모의 피곤함을 읽을 수 있었기에 그대로 외숙모의 구멍 난 스타킹을 벗겨 주고 머리에 쿠션을 넣어 준다. 이미 깊은 잠에 빠진 외숙모를 보면서 그렇게 아침을 기다린다.

맛있는 냄새에 잠이 깬다. 어제 그렇게 피곤해 보이던 외숙모는 언제 그랬냐는 듯 아침상을 차린다. 애들이 좋아하는 줄줄이 소시지와 계란 그리고 흰밥에 김이다. 호준이가 뛰어나와 엄마와 포옹을 한다. 호진이는 졸린 눈으로 며칠 보지 못한 엄마 얼굴에 볼을 비비며 안긴다. 순간 외숙모 눈에 비친 엄마의 힘을 느꼈다. 부모도 없이 한국으로 와 결혼해 주지 않는 바람둥이 남자의 아이를 낳고 도우미로 돈을 벌어 자신의 노래방을 낼 정도의 자립심과 삶의 애정이 강한 사람! 엄마이기에 해낼 수 있는 노력을 인정해야 하지 않은가? 정말 삼촌은 질이 나쁘다. 자기 자식도 몰라라 하는 인간쓰레기다. 엄마와 삼촌들이 같은 형제라는 게 믿을 수가 없다.

우리는 오랜만에 식탁에 앉아 뜨거운 밥을 먹고 있다. 아직 외숙모는 무슨 일이 있었는지 이야기하지 않는다. 나도 물어보지 않을 거다. 분위가 그래서 TV를 틀어 뉴스를 본다. 호진이 컵에 주스를 따라 주고 있는 그때 내가 아는 사람 이야기가 나온다. 얼마 전 아파트에서 투신을 시도하던 여자가 병원에서 스스로 자해를 하고 간호원을 폭행했다는 김 모 여인….

아…. 설마 우연이 엄마는 아니겠지…. 하지만 우연이 엄마인 듯하다. 가까이 가서 볼륨을 올려 본다. 외숙모가 이제야 입을 연다. "그 엄마도 세상만사 다 싫은가 보네."라며 젓가락을 내려놓는다.

"민지야 애들 부탁해. 나는 가게로 가서 영업 준비하고 정리도 해야겠어."

어? 다시 영업을 한다고 하는 걸 보면 큰일은 아니었나? 다행이라는 생각이 든다. 바로 옷을 갈아입고 나가는 엄마를 아이들이 물끄러미 본다. "이쁜 내 새끼들 걱정 마. 엄마가 저녁에 치킨이랑 피자 사 가지고 올게."라고 하자 안심이 되는지 호준이가 두 손을 번쩍 들더니 밥을 더 달라고 한다.

밥통에서 밥을 뜨면서 우연이를 생각한다. 아. 우연이…. 엄마는 미친년이라고 중얼거리던 우연이가 정신병잔 줄 알았는데 지금 보면 우연이가 아니라 엄마가 분명하다라는 생각을 한다.

걱정된다. 전화라도 해 볼까? 아니 한 번 가 봐야 하나? 오빠에게 전화해서 물어봐야겠다.

점심이 지나고 오후 4시쯤 됐을까? 전화가 울린다. 외숙모다. "어 외숙모!", "민지야 지금 가게로 와 줄 수 있어?" 뭔가 말꼬리가 어둡다. "어. 지금 갈게. 근데 무슨 일 있어?"라고 하자 오면 이야기해 준다고 한다. 주방으로 가서 애들 간식을 챙겨 주고 슬리퍼를 신는다.

외숙모 노래방으로 걸어가는 내내 불안한 느낌이 든다.

뭘까? 입구에 서서 문을 연다. 노래방 안은 깔끔하게 청소되어 있었다. 얼마 전 통화했던 이브는 오늘도 역시 이상한 복장으로 나와 있었고 나를 보자 "사장님 조카 왔어요!"라며 외숙모를 불렀다. 외숙모가 보인다.

절대 애기 둘 낳은 여자로 보이지 않았다. 새빨간 립스틱과 일반적이지 않은 화장이 과거 도우미였다는 사실을 부정하지 않게 한다.

조용히 나를 4번 방으로 데리고 간다. 그리고 커피 두 잔을 이브에게 부탁한다. 외숙모가 먼저 앉는다. 소파에 앉자마자 담배를 꺼내 입에 문다. 순간 놀랐다. 외숙모가 담배를 피우는 걸 알았지만 단 한 번도 내 앞이나 아이들 앞에서 피우는 걸 보지 못했기 때문이다. 커피를 들고 온 이브에게 "너도 앉아."라고 하더니 깊은 한숨을 쉬며 말한다. 외숙모를 바라본다. 근심 가득한 얼굴로 마지막 담배를 끝까지 빨고 천천히 뱉는다. "지난번 왔던 경찰 기억하지." 이브가 말한다. "그럼 언니! 잘생긴 변태 경찰!" 외숙모가 재떨이에 침을 뱉더니 그 위로 담배를 거칠게 비벼 끈다. "그 새끼가 끝까지 물고 늘어지는데 답이 없어서 고생했어. 근데….” 낮은 목소리로 말한다.

"민지야 미안한데 외숙모 부탁 한 번만 들어줄래?” 도대체 무슨 말을 하려나 궁금해하는 나에게 드디어 입을 연다. “미성년자 주류 판매와 성매매로 우리 가게를 걸었어. 사실은 벌금 내면 그만이고 여기저기 손쓰면 되는데 이번에는 좀 다르네….” 이브가 묻는다. “언니 뭔데?”, "그 새끼가 아주 악질이야. 민지 너를 찍었어. 널 데리고 오라는 거야.” 뭐라는 거지? 뭘 찍었다는 걸까? 이브가 담배를 입에 물더니 “아휴, 그 개새끼 또 시작이네. 하여간 어린애들만 보면 좆이 선다니까! 지난번에 왔던 그 꼬마 여자애. 그 애도 그 지랄하더니 온데간데없어져서 우리 얼마나 고생을 했어. 언니!” 외숙모가 두 번째 담배를 꺼낸다. “그러게. 나도 그 애가 어디로 갔는지를 몰라서 맘에 걸리는데……. 이번에는 우리 민지를 찍네!” 형사가 나를 찍었다는 게 대체 무슨 말인지 뭘 어떻게 하라는 건지 도대체 알 수가 없어 하는 나를 보더니 이브가 한마디 한다. “민지야. 별거 아니야. 그냥 쇼 한 번 해 준다고 생각하고 같이 놀아 주면 돼.” 나는 외숙모를 보며 “어떻게 놀아 주면 되는 건데요?”라고 묻는다. 말이 없다. 이브가 끼어 든다. “어머나. 민지 너 아직 애기구나! 역시 그 새끼는 개새끼 맞네. 하여간 냄새는 잘 맡아! 처녀들은 금방 알아본다니까!” 도대체 알 수가 없다. 외숙모가 눈을 감으며 말한다. “민지야. 정말 미안하다. 내가 지켜야 할 것들을 지키기 위해 버리고 희생할 게 있는데 어떤 때는 희생의 대가가 괴롭단다. 하지만 그만큼 값어치가 있어. 그게 나에게는 애들이고 가게야. 너희 엄마를 생각하면 이럴 수는 없다는 걸 안다. 하지만 지금은 꼼짝없이 시키는 대로 해야 해…." 말을 잇지 못하자 이브가 말한다. "언니 걱정 마. 내가 같이 가서 더러운 꼴은 적당히 내가 처리할게. 이런 일 한두 번이야?" 외숙 모가 두통이 온다며 머리를 잡고 일어난다. 이브는 의자에 앉아 어떤 일이 벌어질지 나에게 설명하기 시작한다. 뭐라는 건가. 듣고 있는 내 내 머릿속이 혼돈스럽다.

정말 이 방법뿐인가?

해가 슬슬 떨어진다.

이브가 예사롭지 않은 잡지에서나 볼 수 있는 화장을 해 준다. 그리 고 테이블에 올려진 옷을 본다. 내 것 같다.

4번 방 문 앞으로 외숙모가 보인다. 누군가와 통화하고 있는데 안절 부절 불안함이 보인다.

하지만 외숙모를 위해 그리고 호준, 호진이를 위해 내가 해 주는 한 번의 쇼가 도움이 된다면 난 기꺼이 할 의사가 있다.

전화 통화가 끝나자 문을 열고 외숙모가 들어왔다. 걱정과 근심이 가 득한 외숙모의 얼굴을 보며 나는 오히려 더 씩씩하게 말한다. "외숙모! 외숙모가 지키고 싶은 거 나도 지키고 싶어. 외숙모에게 소중한 거라 면 나에게도 소중해!"라고 하자 외숙모가 흔들리는 눈으로 고개를 끄 덕인다.

시계를 본다.

12시가 넘었다. 전화가 울리자 외숙모가 바로 전화를 받는다. 그러자 벤이 입구로 왔다.

차 번호를 기억하려고 보니 렌트카 번호판인 허로 시작된 5741이다.

나와 이브가 함께 차에 올라탄다. 외숙모는 나오지 않았다. 이상한 느낌이 든다. 순간 많은 생각이 교차된다.

부모님이 돌아가시고 나는 세상 보는 눈이 달라졌다.

무엇이 중요하고 무엇이 중요하지 않은지 알게 되었으며 나쁜 것도 좋은 것도 없으며 살기 위해 그냥 해야 할 것 그것만 있을 뿐이라는 거⋯.

밤이라 그런지 차가 잘 빠졌고 한남대교를 건너 강남으로 가고 있다.

나는 강남을 잘 안다. 내가 살던 곳이기 때문이다.

달리던 차가 멈췄다. 어! 여기? 이 주변을 잘 알고 있다. 꽤나 유명한 떡볶이집이 있어서 친구들과 자주 왔던 골목이다. 그때도 보았던 간판이 눈에 들어왔다.

낮에는 늘 문이 닫혀 뭐 하는 곳인지 몰랐던 이곳은 밤이 되면 룸살롱이 된다는 걸 오늘에야 알았다. 이브 언니와 함께 차에서 내렸다.

입구에는 잘생기고 젊은 남자들이 여러 명 있었다. 한 명 한 명 들어오는 사람들을 체크하고 들여보내는 것 같았고. 모두 친절하고 단정했다. 이브와 계단으로 내려간다. 카운터 정면으로 보이는 내부는 매우 크고 화려했다. 고급진 샹들리에는 선글라스를 끼고 봐야 할 만큼 번쩍번쩍했고 유리로 만든 여러 작은 항아리에 연꽃과 물고기가 보였다. 실내는 매우 깨끗했으며 몇 명의 여자가 서 있었는데 순간 연예인들인가? 하는 착각이 들었다. 세련된 옷과 날씬한 몸매의 여자들이 내가 생각하던 룸살롱의 이미지와는 달랐다.

나이가 좀 있어 보이는 여자가 다가오자 이브가 반갑다는 듯 바로 인사를 한다. "큰언니 잘 있었어요? 오랜만!" 이곳 마담쯤이나 되는 것 같은 생각이 들었다. 하지만 이브의 옷차림을 보는 눈빛은 '어디서 이런 촌년이 여기에?'라는 느낌이 들였고 옆에 있는 나에게 시선을 준다.

길게 붙인 속눈썹을 깜빡이며 "얘구나." 이브가 바로 대답한다. "네. 전화받으셨죠."

"어. 몇 살?" 이브가 끼어든다. "우리 사장님 조카. 오늘 처음이야. 언니. 잘 부탁!", 마담이 나를 찬찬히 본다. "이름?" 이름을 묻는다. 나는 "네. 민지예요."라고 하자 이브가 다시 끼어든다. "헤나예요. 헤나!" 헉. 이름을 바꾼다. 왜? 원래 여기는 그러는 건가? 마담이 아주 가까이 와서 내 얼굴을 들여다본다. 얼굴에 있는 상처를 보더니 "수술은 언제 했어?"라고 묻는다. "얼마 전에 흉터 수술했어요."라고 하자 "전지훈 선생님 솜씨네." 한 걸음 물러나며 나를 다시 본다. "곧 다시 새살 올라오겠네. 괜찮아."

어떻게 알았을까? 전지훈 선생님인 걸. 바로 사람을 부른다. 젊은 남자가 왔다.

양복을 입은 남자는 매우 잘생겼고 몸이 좋았다. 이곳의 남자들은 특이하게 모두 화장을 하고 있었고 심지어 립스틱도 진하게 바르고 있었다. 이브가 남자를 대놓고 가까이 다가가서 보더니 "역시 여긴 물이 달

라~ 물이. 우리 오빠 여친 있어?"라며 혀 짧은 목소리로

눈웃음을 친다.

아. 정말 싫다. 아주 많이. 남자가 씨익 하고 웃자 이브가 바로 남자 팔에 자기 팔을 끼워 넣는다. 둘은 뭐가 좋은지 시시덕거리고 있다.

그리고는 긴 복도 끝 방으로 우리를 데리고 가서 멈춰 선다. 그리고 방문을 열어 준다. 마치 근사한 레스토랑 같았다. 대가족 식사를 할 수 있을 만한 긴 테이블이 있었고 무대와 최신 가라오케기계가 오른쪽에 붙어 있었다. 문 앞에 뻘쭘하게 서 있는 나를 보며 이브가 말한다. "민지야 아니 헤나야. 언니 잠깐만 핸썸 오빠랑 확인할 게 있으니까 너는 여기서 기다리고 있어." 순간 이브의 동물적인 모습을 느꼈다. 하지만 나는 이브와 절대로 떨어져 있으면 안 된다는 생각이 본능적으로 들었다. 어떻게 해서든 같이 있어야 한다. 이브에게 "어디 가요?"라며 불안한 애원의 눈빛을 보내자 "헤나야 걱정 마. 나 잠깐만 옆방에 있다가 물건만 확인하고 올 테니까 넌 여기서 기다려!"라며 나를 밀어 넣고 둘은 방문을 닫았다. 어디로 가는 걸까. 그렇게 한참이나 서 있다가 방 안을 살핀다.

이미 세팅된 술과 잔 그리고 과일과 치즈가 있었다.

이곳은 외숙모의 질러바 노래방과는 질적으로 달랐다.

방 안은 매우 조용했다. 옆방의 소음이 전혀 들리지 않았다. 벽은 매우 특별한 스티로폼으로 감싸져 있었고 푹신했다. 오래전 첼로를 켜던 친구가 있었는데 옆집에 방해가 될까 특별 공사했다며 보여 주던 그 벽

이 떠올랐다. 그때는 신기해서 고래고래 소리를 질러 옆방에서 들리는지 확인하고 놀았지만 오늘은 달랐다. 그 조용함이 여기서 죽어 나가도 아무도 모르겠구나 하는 불안이 엄습해 왔다. 그때 누군가에게 내가 여기 있다는 메시지를 남겨야 한다는 생각이 들었다. 외숙모가 아닌 사람. 지홍 오빠가 먼저 떠올랐지만 오빠에게 내가 여기 있다고 말하기가 힘들었다. 더 솔직하게 숨기고 싶다. 절대로 오늘 생긴 일들은 오빠가 알면 안 된다는 생각에 우연이에게 문자를 보내기로 한다. 아니 전화도 걸어야 한다. 우연이에게 전화를 건다. 신호가 간다. 가지만 받지 않는다.

순간 방문이 열렸다.

남자 둘이 들어왔다. 젊은 남자 둘. 처음 들어온 남자는 본적이 없었고 뒤로 들어온 남자는 외숙모 노래방에서 봤던 그 변태 형사 맞다.

뻘쭘하게 서 있던 나를 보자 스윽 웃는다. "앉아라. 민지야." 무서웠지만 그렇지 않은 척해 본다. "오빠 안녕?" 어차피 겪을 일이라면 내가 할 수 있는 최선을 그리고 빠르게 하고 싶다.

함께 온 남자가 소파에 앉는다. 그리고 앉자마자 술을 따른다.

찬찬히 나를 본다. "아직 애기네." 바로 술잔을 들어 원샷을 하더니 나에게 잔을 준다. 받으라는 건가? 얼떨결에 잔을 받았다. 술을 따라 준다. 잔을 들고만 있는 나를 보며 "마셔." 이걸 한 번에 마셔야 하는 건가? 아. 모르겠다. 한 번에 쭉 마셔 본다.

"흑, 헉."소주와는 완전히 달랐다. 얼굴이 일그러진다. 남자가 큰 소리로 웃는다. "아이구. 우리 애기! 처음이구나!" 외숙모 가게에 왔던 형사가 자기 잔에 술을 따르며 말한다. "그럼. 내가 맞지. 그렇구 말고…." 남자가 입을 다물지 못하는 내 입에 딸기를 넣어 준다. 아! 살 것 같다. 목이 타는 것 같았다. 왜 이런 걸 마실까?

형사가 나에게 술병을 넘겨준다. 계속 따르라는 건가? 아무렇지 않은 듯 술을 따라 주자 누군가에게 전화를 건다. 그러자 곧바로 입구에서 만났던 마담이 들어왔다. 형사가 담배를 꺼내자 마담은 바로 옆에 앉아 라이터로 불을 붙여 준다. 형사는 마담에게도 담배를 주며 불을 붙여 준다. 마담은 우아하게 담배를 손에 잡고 형사를 보며 연출된 미소를 띄운다.

갑자기 마담의 뒤통수의 머리카락을 잡고 확 당긴다.

순간 놀란 나와 마담의 눈이 마주쳤다.

멍하니 바라보는 나와는 달리 마담의 입가에 미소가 번진다. "알았어. 알았어. 강 형사님. 그거 주면 되잖아." 강 형사가 잡았던 마담의 머리를 놓는다. 아무렇지 않은 듯 일어나 머리를 매만지며 "기다려 바로 가져올 테니."라고 일어나 옷 정리를 하더니 밖으로 나간다.

"미친년 진작에 준비를 했어야지."

많은 사람을 보지 못했지만 삼촌들을 통해 사기꾼의 눈을 봐서인지 강 형사라는 저 사람은 법을 집행하는 사람이기보다는 질이 매우 나쁜 사람의 눈빛이 느껴졌다. 나쁜 사람들만 상대해서 그럴까? 하긴 외숙모에게 이런 부탁을 하는 걸 보면 좋은 사람은 분명히 아니다. 같이 온 남자가 먼저 나에게 물어본다. "얼굴에 상처가 있네. 왜?" 건너편의 강 형사가 뚫어지게 내 얼굴을 본다. "사고가 있었어요." 남자가 말한다. "근데 왜 하필이면 얼굴? 아쉽네. 상품 가격 하락!!"이러면서 미친놈처럼 웃었다. 그러더니 "친구 있냐? 이쁜 애 있으면 이리 불러 봐. 지금 나오라고 해." 이때라는 생각이 들었다. 우연이에게 내 위치를 알려 줄 수 있는 기회.

"네 있어요. 우연이라고!" 강 형사가 말없이 손으로 전화를 걸어 보라는 사인을 준다. 우연이에게 전화를 건다. 받지 않는다. 시계를 보니 새벽 2시15분이다.

속으로 외친다. 우연아. 받아라. 받아라……. 포기하려는 순간 우연이가 받았다.

"왜." 퉁명스럽다. 나는 태연하게 말한다. "나와! 우울한데. 오늘 잘생긴 오빠들 많아! 주소 줄게. 나와!" 우연이는 끊는 걸로 대답을 한다. 나는 자연스럽게 테이블 위에 있는 명함 사진을 찍어 보낸다.

휴! 이제 안심이다. 누군가에게 내가 여기 있다는 걸 알렸고 이제서야 마음이 놓였다.

그때 방문이 열리고 이브가 들어왔다. 아주 작고 예쁜 상자를 들고 와서는 강 형사와 그 친구에게 인사를 하고 테이블에 올려놓는다. 그리고 강 형사 옆에 앉자 "썅년아. 너는 나가."

헉! 나보다 이브가 더 놀란 듯 입을 삐죽이며 한마디 한다. "오빠는 나한테 왜 그래?"라고 하자 내 옆에 앉자 있던 남자가 큰 소리로 말한다. "더러운 년은 상품 가치가 떨어져요~." 히죽거리며 이브를 쳐다본다. 이브가 한마디 한다. "뭐래! 나 매일 씻어서 깨끗해.", "너는 거기보다 입이 더 더럽지. 나가." 낮은 목소리로 강 형사가 말한다. 뭐라고 한마디 할 것 같은 이브는 "알았으니까. 순진한 애 살살 부탁해요."라고 말하더니 일어나 나에게 윙크를 하더니

문을 열고 나간다.

저 문으로 나도 함께 나가고 싶다는 충동에 허벅지를 꼭 눌러 본다.

함께 온 남자가 음악을 틀더니 옷을 벗어 나에게 준다.

마이크를 잡는다. 반주가 시작되자 춤을 추더니 노래를 한다. 받은 옷이 묵직하다. 안주머니를 보니 총이 있었다. '아. 이 아저씨도 경찰인가?' 하는 순간 나를 잡아끌더니 춤을 추라고 한다. 아. 내 결심을 다시 생각한다. 그래! 나는 오늘 신나게 쇼를 하는 거다! 아주 신나는 쇼!

남자의 마이크를 빼앗았다. 그리고 내가 부르기 시작한다. 순간 어이없다는 듯이 나를 보더니 깔깔거리며 웃는다. "요거 완전 내 스타일이야!" 왈칵 나를 끌어안는다.

아. 부담스럽다. 하지만 오늘뿐이다. 오늘만 참아 보자…. 신나게 노래를 부르며 춤도 춘다. 어릴 때부터 연예인이 되라던 아빠 덕분에 춤과 노래는 몸에 배어 있었는데 여기서 이런 놈들에게 보여 주게 될지는 꿈에도 몰랐다. 하지만 어쩌겠는가? 해야 한다면 해야지. 귀여운 우리 조카를 위해서 또 마지막까지 나와 엄마를 챙겨 준 외숙모를 위해….

강 형사가 이브가 들고 온 작은 상자를 열었다. 뭔가를 뚫어지게 보

더니 냄새를 맡는다. 그리고는 자기 위스키 술잔에 보라색 알약 같은 것을 넣고 흔들어 녹인다. 그리고 바로 위스키 잔을 원샷 한다. 고개를 뒤로 젖힌 채 눈을 감고 있다.

같이 온 남자가 술을 병째 들고 와 마신다. 그리고 나에게 넘겨준다. 아! 어떡하지…. 빨리 취하면 빨리 끝나지 않을까? 자꾸만 다가오는 남자를 피해 테이블로 올라가 춤을 추고 있을 때 문이 열리고 우연이가 들어왔다.

우연이와 눈이 마주쳤다. 나는 알았다. '미친년!'이라고 우연이 눈에 써 있다. 빨리 내려가 우연이 손을 잡았다. 그리고 우연이를 소개한다.

"내 친구 우연이에요." 총을 가지고 왔던 남자가 우연이를 부른다. "이쁜이 이리 와서 앉아!" 뻘쭘하게 서 있는 우연이를 보며 "어머나 오빠! 내 거 아니었어? 이제 와서 갈아타기 있기 없기?"라고 하자 미친놈이 신이 나서 깔깔거린다. 하지만 외숙모 가게로 왔던 강 형사는 달랐다. 우연이에게 먼저 말을 건다.

"노래해 봐." 우연이 얼굴이 순식간에 굳어진다. 나는 재빠르게 분위기를 바꿔야 한다고 생각했다. 마이크를 잡고 최신 유행 노래를 선곡하고 춤을 추기 시작했다. 다행이다. 나를 보고 있다. 술 취해 넋 나간 새끼가 내 몸을 훑고 있다. 노래가 끝나자 나를 끌어당겨 무릎 위에 앉혔다. 거부하고 싶지만 할 수 없었다. 거의 끝났다. 조금만 조금만 더 버티면 된다.

그때 우연이가 갑자기 마이크를 잡더니 노래를 한다.

삶의 방향을 잃은

소중한 것을 잃은

사랑을 잃은

니가 다시 설 수 없는 이유를 알고 있어

그것이 너의 전부였음을 알고 있어

다시 한번

또다시 해 볼 기회를

붙잡아

왜냐하면

세상에서 가장 중요한 거

너

바로 너

너의 행복이야

너의 미소는 그 무엇과도 바꿀 수 없어….

우연이가 울고 있다. 나는 알고 있다. 우연이에게 무슨 일이 있는지. 왜. 나는 우연이를 불렀을까…. 후회하고 있을 때 남자가 휘청거리며 벌떡 일어났다. "이 미친년. 넌 뭐냐! 분위기 깨러 왔냐! 왜 울고 지랄이야! 재수 없는 년!" 분위기가 차갑게 확 바뀐다. 아…. 이건 아닌데. 이러면 안 된다!

"오빠가 참아. 오늘 내 친구 마음이 안 좋아서 그래요. 엄마가 아까 뉴스에도 나왔단 말이에요…."라고 하자 바로 소파에 앉아 폰을 검색한다. 그러더니 쓰윽 웃으며 우연이를 보며 한마디 한다.

"쓰레기 집안이네. 에미란 년도…."

순간 나는 알았다. 우연이가 폭발할 거라는 걸. 우연이가 참을 리가 없다. 나는 우연이를 너무나도 잘 알고 있다. 우연이가 크게 소리친다. "니가 뭘 알아! 우리 엄마에 대해서 뭘 알아! 미친 새끼들아! 미성년자랑 이러고 노는 니 새끼들은 뭐 그리 잘났어!" 순간 찰싹! 하는 소리가 났다.

뭐지? 설마. 우연이를 때린 건가? 하는 순간 우연이가 낮은 목소리로 중얼거린다.

"지금 내가 뺨을 맞은 건가?"

나도 모르게 소리를 지른다. "오빠 왜 그래! 미쳤어!"

우연이가 남자를 뚫어지게 본다. 그러더니 달려와 남자의 귀싸대기를 때린다.

"찰싹!"

이게 무슨 상황인가…. 숨이 막힌다. 누군가에게 도움을 청해야 한다.

우연이가 소리친다. "개새끼야! 내가 너 콩밥 먹여 준다. 미성년자 성추행! 이 개새끼야!" 우연이가 미친개처럼 남자에게 달려든다.

우연이는 이성을 잃었다….

그런데 두 남자가 웃기 시작한다. 아주 이상할 만큼 미친 사람처럼 크게 웃는다. 배를 잡으며 웃는다. 그러더니 갑자기 와이셔츠 소매를 걷는다. 순간 알았다. 폭력으로 이어질 거다. 말려야 한다. 말려야 한다! 남자의 팔을 부여잡는다. 거칠게 나를 밀었다. 나는 벽으로 밀쳐져 넘어졌다.

남자는 우연이의 머리채를 잡는다. 그리고는 사정없이 우연이의 뺨을 때린다.

나는 소리를 친다. "그만해! 제발 그만!" 남자는 미쳐 있었다. 그리고 우연이를 더 세게 때렸다.

우연이가 바닥으로 힘없이 쓰러진다. 얼굴이 피 범벅이다. 미쳤다. 이 상황이 미친 거다. 아무리 소리를 질러도 아무에게도 들리지 않았다. 우연이에게 다가가서 얼굴을 본다. 피가 얼굴 전체에 흐른다. 남자를 보며 소리친다.

"야 이 개새끼야! 니가 사람이야? 이러고도 니네들이 괜찮을 거 같아!!" 남자가 담배를 입에 물더니 피식 하고 웃는다. 그러더니 "이년들아 이 오빠가 경찰이야, 경찰. 니년들 같은 쓰레기 잡는 경찰."

"외숙모 불러! 난 집에 갈 거야." 우연이를 등에 업는다.

문을 열어 본다. 철컥!! 열리지 않는다.

믿을 수가 없다. 왜? 왜? 안 열리는 걸까? 순간 누군가가 내 머리를 내려친다. 귀에서 삐~ 소리가 난다.

뭐지?

몸에 힘이 빠진다….

4

머리가 지끈지끈 아프다.

여긴 어딘가….

이마를 잡고 천천히 앉아 본다. 사방이 막혀 있다.

갇혀 있는 건가? 잠깐! 다시 생각해 보자!

그 자리에서 멍하니 기억을 되돌려 본다. 외숙모가 가라는 곳으로 이브와 함께 갔고 룸살롱으로 들어가 미친 형사를 만났고 우연이가 들어왔고 우연이와 형사가 싸움이 났다. 그래! 맞고 있는 우연이를 업고 나가면서 나도 뒤통수를 맞았다. 다시 한번 머리를 잡아 본다. 딱딱하고 끈끈한 게 느껴진다. 피가 떡이 져 머리카락이 붙어 있다.

여기는 어딜까? 이건 무슨 냄새지? 바닥에서 나는 습한 곰팡이 냄새인 듯하다.

더럽고 오래된 침대에서 꽤나 오랫동안 있었나 보다. 침대에 피가 흥건히 묻어 있다. 몸을 일으켜 본다.

천천히 일어나 문 앞으로 가서 손잡이를 돌려 본다.

전혀 움직이지 않는다. '문을 두드려 볼까?' 하는 생각이 들었지만 바로 포기하기로 한다. 분명히 나는 갇혀 있지만 외숙모가 알고 함께 온 이브도 알고 있다. 그냥 우리를 겁주려고 가둔 걸까? 외숙모에게 돈을 뜯어내려고 그러는 걸까?

머리가 빙글빙글 돈다. 토할 거 같다. 더럽기 짝이 없는 이곳에. 왜?

시간이 꽤나 흐른 듯하다.

여기는 어딜까…. 춥다. 온몸이 으슬으슬하다. 움직여 보려고 하지만 쥐가 난 것처럼 몸이 뻣뻣하다. 반대로 최대한 몸을 웅크려 본다. 천천히 주위를 살핀다. 신발이 없다는 걸 알았다. 윗도리를 벗어 발을 감싼다. 그때 밖에 누군가 걸어 다니는 소리가 났다. 묵직함이 느껴지는 발자국 소리다. 한 명이 아니다. 최소한 서너 명이 한꺼번에 움직이는데 철컹 하는 소리가 날 때마다 사람 소리가 들렸다. 여자 목소리다. 어린 여자 목소리. 더 큰 소리가 들렸다. "여기요! 저 좀 꺼내 주세요! 여기요!" 어! 이건 우연이 목소리? 바로 다른 여자 목소리가 들린다. "살려 주세요! 살려 주세요!" 아…. 여긴 나뿐만이 아니라 다른 사람들도 있고 그중에 우연이도 있다는 것을 직감했다. 그 사이로 남자들의 목소리가 내 문 앞에서 들렸다. "미친년들!" 킥킥거리며 웃는 소리가 들린다. 순간 삐삐빅삐삐빅. 드르륵 소리가 나더니 내 방문이 열렸다. 방 안에 불이 켜진다. 눈을 뜰 수가 없다. 갑자기 환해진 불빛에 마치 박쥐가 빛을 보면 꼼짝달싹 못 하듯 내가 그런다.

빈정거리며 남자가 말한다. "일어나! 나와!" 천천히 몸을 일으켜 본다. 나를 못 기다리겠다는 듯 침대로 다가와 팔을 확 잡아 올린다.

휘청거리는 나를 문밖으로 밀쳐 낸다. 그대로 밀려 나왔다.

이게 뭐지…. 입을 다물지 못하겠다. 내 눈앞에 나 같은 여자들이 30 명은 족히 있었다.

이게 뭔지 무슨 상황인지 전혀 인식이 안 된다. 옷이 깨끗한 여자도 있었고 그렇지 않은 여자들도 있었다. 얼마나 오래 있었는지 더럽고 냄새가 심한 여자도 있었다. 우리는 그렇게 서로 멍하니 마주 보고 서 있다.

나이가 있어 보이는 여자가 뚜벅뚜벅 구두 소리를 내며 다가왔다. 가만히 서서 담배를 꺼낸다. 남자가 재빠르게 불을 붙여 준다. 진한 주황 립스틱을 바른 그 아줌마가 우리들을 한 번씩 훑어본다. 어떤 표정의 변화도 없어 생각을 읽을 수가 없다. 담배 연기를 길게 뱉는다.

"벗어! 빤스까지 싹 벗어!"

헉! 뭐라는 거냐? 생각을 할 여유도 없이 우물거리는 여자애들 옷을 남자들이 벗기기 시작했다. 옷 찢어지는 소리가 난다. 벗지 않으려는 여자애들의 고함 소리가 났다. 남자가 여자의 뺨을 때린다. 쫙!!!!

나는 순간적으로 바로 벗었다. 어차피 모두 벗길 것 같은데 왜 맞고 벗냐!

난 싫다. 아줌마가 담배를 바닥으로 던지면서 험한 꼴 보기 싫으면 시키는 대로 하라며 신경질적인 목소리로 말한다.

"다들 지하로 내려가!" 그러자 우리들을 남자들이 한 줄로 세웠다. 나는 중간 정도에 서서 앞의 여자들을 본다. 대부분 여자들은 모두 앳된 얼굴이었고 등에 특이한 문신을 한 여자도 있었다.

계단으로 한 명씩 내려간다. 그곳에는 안경 쓴 남자와 여자들이 먼저 와 있었고 손에 무엇인가 들고 있었다.

줄 선 그대로 빠르게 한 명씩 체크하기 시작한다. 처음에는 키를 재더니 다음은 몸무게, 시력, 피부 톤과 손톱, 발톱 심지어 유두까지 샅샅이 보고 적었다. 내 얼굴을 보던 여자가 아까 담배를 피우던 아줌마를 부른다. 그러자 아줌마가 가깝게 다가와 나를 본다.

내 턱을 확 잡더니 확 올려 얼굴을 본다. 그리고는 "애는 4번."이라고 한다.

마지막은 산부인과에서나 볼 수 있는 의자에 눕혔고 안경 쓴 남자가 다리를 벌려 누워 있는 여자의 다리 사이를 라이트로 비춰 가며 속을 샅샅이 보고 있었다. 그리고 귀에 꼽은 펜으로 모두에게 숫자를 발등에 썼다. 그러더니 숫자대로 서라고 소리쳤다.

여자들을 우물쭈물거리며 서로의 발등에 숫자를 찾아본다.

2번 5명.

3번은 8명.

4번은 12명.

나머지는 5번이다.

그렇게 왜 1번은 없지? 생각할 때 우연이가 보였다. 우연이다. 맞다.

우연이 맞다.

우연이는 1번이였던 거다. 가장 어려 보였던 애와 함께 우리들을 먼저 줄 세웠고 마지막으로 1번을 줄 세웠다.

다시 걷게 한다.

주변을 천천히 본다. 과거에 이곳은 모텔이었나 보다. 여기저기 나무로 막아 두었고 폐업한 듯 보이지만 로비와 데스크를 보면서 모텔이 맞다고 생각했다. 남자 둘이 로비 데스크 책상을 밀어낸다.

한 번에 안 밀리자 남자가 힘을 쥐어짜는 게 보였다. 그러자 심한 곰팡이 냄새가 확 올라왔다. 뭔가 축축하고 하수도 냄새 같은…. 그러자 곧바로 한 명씩 사라진다. 아! 지하로 내려가는구나.

지하 입구 사다리를 보며 넘어질까 불안했지만 생각과는 달리 튼튼한 나무로 짜서 만든 듯했다. 한 발씩 내려가 본다.

그러자 컴컴한 복도가 나왔다. 복도를 걸어가자 창고 같은 방이 나왔고 그곳을 지나자 벽으로 막혀 있었다.

그 자리에 모두 섰다. 벽에는 아주 큰 거울이 걸려 있었고 거울로 비춰진 자신을 본 여자들이 울기 시작했다. 더러워진 모습에 놀랐지만 그만큼 두렵고 무서웠으며 어쩌면 오늘이 끝일 수도 있다는 생각을 모두가 하지 않았을까….

순간 남자가 거울 앞에 서더니 뜬금없이 양손으로 거울을 밀어낸다.

뭐지? 거울이 밀리지 않자 인상을 가득 쓰며 이번에는 어깨로 힘겹게 밀어내자 조금씩 움직이더니 이내 시커먼 터널이 나왔다.

와! 도대체 여기는 어딜까? 가도 가도 끝이 없었고 미로처럼 계속 뭐가 나왔다. 남자가 불을 비추며 먼저 걸어간다.

그 뒤로 여자들에게 따라오라는 손짓을 한다.

발이 아프다. 작은 돌들이 발가락에 걸렸고 뾰족한 것들에게 찔렸지만 멈추는 사람은 없었다.

꽤나 오랫동안 걸었다. 이제는 한 명씩 사다리를 타고 위로 올라가는 게 보인다. 저 위를 올라가면 뭐가 있을까?

두려움 가득 조심스럽게 올라가 발을 딛는 순간. 헉! 이게 뭐지?

고급스러운 사우나가 눈앞에 펼쳐졌다. 바닥, 벽 모두 대리석이었고 주변은 금장과 은장으로 장식된 꽃병과 동물들의 모형이 벽에 있었다. 다들 멍하니 서 있자 남자가 소리쳤다. "씻어라. 더러운 년들아!" 우물쭈물하던 여자에게 한 남자가 다가가 물을 틀더니 씻으라며 샤워기로 거칠게 얼굴에 물을 뿌렸다. 여자가 소리치자 음흉한 얼굴로 웃더니 갑자기 여자의 몸을 잡았다. 남자가 반항하는 여자의 머리채를 잡자 다른 남자가 여자의 골반을 잡았다. 남자들이 한꺼번에 달려들더니 기다렸다는 듯 서로 겁탈하기 시작했다.

여자는 소리를 지르며 살려 달라고 했지만 모두가 그 자리에 멍하니 서 있다.

그리고 아무것도 못 본 듯 시키는 대로 몸을 씻기 시작한다. 두려움과 괴로움의 눈물이 흐른다.

하이에나처럼 낄낄거리며 여자를 겁탈하는 남자들 괴성 속에 여자들의 두려움의 적막이 흐른다. 같이 왔던 아줌마가 소리친다. "꼭 그렇게 맛을 봐야 하냐! 이 새끼들아. 싸지는 마라!"라며 씨익 웃는다.

아…. 저 짐승 같은 저 새끼들의 목을 물어 버리고 싶었지만 나는 뜨거운 물을 틀었고 물 밑으로 몸을 맡기는 비굴함을 선택한다.

머리통이 따갑다. 핏물이 흐른다. 벽에 붙은 샴푸 통을 펌핑하여 샴푸를 머리에 올렸고 뜨거운 물이 더러운 이 순간의 괴로움을 씻어 주길 바랐다.

흐르는 핏물을 봤는지 아까 그 안경 쓴 남자가 다가왔다. 나를 세워 머리통을 본다. 그렇게 꼼꼼하게 보더니 바로 아줌마를 보며 "장 마담!"이라고 부르더니 나를 보게 한다. 그리고 뭐라고 이야기한다. 다시 우리들을 불러 세운다. 번호대로 다시 호명한다. 모두가 줄을 서고 얼마 후 우연이는 벽 쪽 룸 같은 곳에서 가운을 입고 여자들과 나왔고 3번부터 나머지는 타월을 걸치고 있었지만 완전히 벌거벗은 여자들도 있었다.

장 마담이 "5번 앞으로 서!"라며 손짓을 한다. 테이블과 의자가 준비되어 있었다. 안경 쓴 남자가 팔찌 같은 것을 가득 가지고 와서는 테이블에 올려 두고 뭔가를 확인하고 있었다. 그러더니 여자 한 명씩 한 명씩 채우기 시작한다. 삑삐빅! 물건 사면 찍는 바코드처럼 소리가 났고 팔찌인 줄 알았는데 팔이 아닌 발에 채우고 있었다. 색깔도 달랐다. 더 정확하게 번호대로 색이 달랐다. 빨간색, 초록색. 파란색, 노란색 그리고 투명한 발찌는 다른 상자에서 꺼냈다. 투명한 발찌는 두 사람에게 채웠는데 하나는 우연이가 또 하나는 아주 어려 보이는 여자애다. 모두가 왼발에 발찌를 채웠지만 그 애는 오른발에 채워지는 것처럼 보였다.

장 마담이라는 여자가 "자. 다들 잘 들어! 너희들은 앞으로 모두 이 건물에서 함께 살게 된다. 그리고 아무도 나가지 못해. 나갈 수도 있지만 나가지 않는 걸 선택하는 건 오히려 너희 쪽이지. 바깥세상보다 이 안쪽 세상이 너희를 더 풍족하고 만족스럽게 할 수도 있어. 우리는 너희가 무엇을 하는지 무슨 말을 하는지 다 알게 돼! 숨소리 하나하나. 모든 움직임 하나하나를 발찌가 체크할 수 있다는 걸 알면 쓸데없는 짓은 꿈도 꾸지 않은 게 좋을 거야. 그 발찌는 이 건물을 벗어나는 순간 심장을 멈추게 한다. 그렇게 밖으로 도망가면 1분 후 심장마비로 사망하게 된다는 걸 잘 기억해 둬! 다시 한번 말하지만 나가는 그 순간 모든 게 사라지게 된다는 걸 명심해!" 그 말을 들은 여자들 모두 혼이 나간 사람처럼 서로를 바라보고 있다.

우리는 독 안에 든 쥐다.

쥐에게 방울을 채워 꼼짝도 못 하게….

"자! 여 교수!" 누군가를 호칭했다. 커튼 옆에 서 있던 여자가 걸어 나온다.

고아원 원장처럼 아니, TV 교육 방송에 나와 설명하는 사람처럼 생긴 여자가 자신을 소개한다.

"나는 여밈 교수라고 합니다."

"여러분들을 지도하고 관리해서 교수인 게 아니라 실제 나는 대학에

서 교양 과목을 가르치는 교수입니다. 나는 무식하고 예의 없는 사람들을 몸서리치도록 싫어합니다. 여러분들은 철저하게 돈으로 계산되어 상품으로 회사에서 인수한 몸입니다. 적게는 몇 백에서 수억을 주고 투자한 회사의 입장을 이해한다면 쓸데없는 일로 문제를 일으키거나 회사를 곤란하게 한다면 그 대가는….”

잠깐…. 그렇다면 누가 나를 여기에 팔았단 말인가? 누가?

혼란스럽다.

“어차피 알게 되겠지만 여러분들의 발찌는 최첨단 시스템으로 만든 스마트 워치입니다. 심장 박동, 혈압, 기분, 컨디션, 어디에 있는지, 무슨 말을 하는지까지 모두 기록됩니다. 참고로 그 워치는 시가 1억 이상입니다. 손으로 뺄 수 없습니다. 회사에서 제거하거나 여기서 죽지 않는 한 그전에는 빠지지 않습니다.” 그 말을 할 때 왠지 모르게 교수라는 여자에게서 고통이 느껴졌다. 마치 내가 해 봤는데 소용 없더라는 그런……

“여러분들 몸값에 워치 가격이 포함되어 있으며 모든 비용을 청산하는 날이 오면 회사에서 알아서 제거해 드립니다. 자! 이제 여러분들에게 회사 구조와 배치 그리고 생활에 대해서 말씀드리겠습니다. 모두 이동합니다!” 순간 웅성웅성 여자들이 어쩔 줄 몰라 했다. 남자들이 우리들을 엘리베이터 앞으로 이동시켰다. 엘리베이터는 두 대가 있었다. 첫 번째 엘리베이터는 이미 올라가기 시작했고 나는 두 번째 엘리베이터를 기다렸다 탔다. 안은 정말 넓었고 많은 인원이 탈 수 있었다.

모두 등을 돌린 채로 서게 했고 돌아서지 못하게 했다. 몇 층으로 가는지도 몰랐고 어디로 가는지도 몰랐다. 구토가 나올 만큼 속도가 빨랐고 어지러웠다. 귀에서 윙 하는 소리가 나자 바로 문이 열렸다. 남자가 모두 돌아서라고 말하자 여자들이 뒤돌아 엘리베이터에서 내린다.

우리를 어디로 데리고 왔을까. 두려움이 앞선다. 앞을 보는 순간 헉! 이게 뭐지? 이건, 카지노? 영화에서 보던 카지노 카드 테이블이 있었다. 나뿐만이 아니라 함께 온 여자들도 모두 놀란 눈빛이다. 모두 생각지도 못한 곳으로 왔고 여기서 우리가 무엇을 할지 상상하지 못했다.

매우 고급스러운 라운지 바가 있었고 벽 쪽에는 유리 모자이크로 장식된 룸 같은 곳이 있었다. 룸 앞문 쪽에 도어락이 보였다. 멋진 책장인 줄 알았는데 술장이었고 알지는 못하지만 크리스털로 만들어진 술병은 한눈에 봐도 비싸 보였다. 그 장 안에는 술병들이 가득했다. 그 앞에 걸려 있는 술잔도 화려하고 고급스러워 보였다. 그렇게 주위를 살피다 동그란 무대(?)가 눈에 들어왔다.

이게 뭐지 생각할 때 누군가 스위치를 눌렀다. 그리고 천장에서 봉이 천천히 내려왔다. 그 뒤로 쳐져 있던 커튼을 장 마담이 열었다.

우연이와 그 여자애를 앞세운다. 그리고 그 둘을 데리고 들어간다. 어! 우연이는 저쪽으로 간다. 우연이를 어디로 데리고 가는 걸까? 알 수가 없었다. 다시 뒤에서 엘리베이터 문이 열리는 소리가 났다. 여자 3명이 카트에 작은 박스를 가득 실어 왔다. 박스에는 숫자가 쓰여 있었고 멍하니 서 있던 우리들 앞에 하나씩 건네주며 말한다. "각자 박스 열고 안에 있는 거 입는다." 짧고 간단했다.

떨리는 손으로 받은 박스의 뚜껑을 열어 본다.

옷이었다. 속옷과 신발.

모두들 꺼낸 옷을 입기 시작했다. 내 옷은 초록 원피스였고 중국 여자들이 입는 전통 의상과 비슷했다. 몸에 스타킹처럼 쫙 붙었다. 옷을 입자마자 3명의 여자들이 다가왔다. 내 머리를 올리지 내릴지 서로 이야기하면서 화장을 시켰다. 손이 빨랐고 귀걸이, 목걸이, 팔찌까지 순식간에 나를 끝내더니 다른 여자에게로 이동한다. 그리고 나와 같은 루틴을 반복한다. 모두가 같은 옷이었지만 색이 달랐고 빨강, 초록, 노랑, 초록, 파랑으로 구분되었다. 아 맞다. 그렇구나. 발등에 써진 숫자대로 옷 색깔이 구분된 거다. 그렇게 순식간에 준비가 끝났고 조금 전에 보았던 모자이크 방 쪽으로 우리들을 데리고 갔다. 그리고 보니 방 색도 우리들 옷 색과 같았다.

옷 색과 같은 방으로 한 명씩 들어가도록 지시했고 모두가 순순히 따랐다. 문을 밖에서 잠글 거라고 생각했는데 그렇지 않았다. 열린 상태로 로비와 카지노 그리고 움직이는 모든 사람들을 볼 수 있었다. 방 안을 둘러본다. 햇빛이라고는 들어오지 않는 어두운 방이었지만 은은한 조명과 소파 그리고 사방을 가릴 수 있는 커튼이 있었다.

나는 정확히 이 방이 어떤 용도로 쓰여질지 짐작했지만 초록 조명이 가득한 나만의 방에 혼자 있는 것도 지금으로서는 나쁘진 않았다. 오히려 안도감을 느낄 수 있었다.

그때 세 명 중 한 여자가 내 방으로 들어왔다. 그리고 내 머리를 다시 만진다. "얘는 올리는 것보다 내리는 게 난 거 같은데."라고 하자 다른 여자가 들어왔다. 나는 이때가 기회라고 생각했다. 여자에게 묻는다. "여기 방으로 오지 않은 여자들은 무엇을 하나요? 아까 두 여자들이요." 잠시 멈칫하더니 "슈퍼 VIP를 관리해.", "왜 분리했나요? 그걸 누가 정하나요?" 여자는 귀찮은 듯 당연히 "장 마담이 하지!"라고 대꾸했다. 두 번째로 들어온 여자가 나를 본다. "왜?"라고 묻는다. "이 방에서 뭘 할지 상상이 안 돼서 선택이라는 걸 할 수 있는지 궁금해서요!" 첫 번째 여자가 "그런 건 안 묻는 게 너한테 좋아!" 단호하게 말한다. 두 번째 여자가 나를 측은한 눈으로 보더니 "니가 춤을 잘 춘다면 스테이지에서 댄서를 해. 그러면 기회가 있지. 근데… 얼굴의 그 상처가 걸리네. 흠이 없어야 하는데 닥터 임이 패스해야 할걸…."이라고 하자 첫 번째 여자가 두 번째 여자를 흘겨보며 "어쩌려고 그래! 서로 조심해야지!"라고 말한다. 그러자 여자가 입을 다물더니 바로 나갔다. 아… 안경 쓴 남자. 라이트로 우리를 샅샅이 살피던 그 남자가 닥터 임이구나.

나는 생각을 한다.

기회라는 게 있다면 무슨 기회를 말하는 걸까? 밖으로 나갈 수 있는 기회일까? 아니면 이 방을 나갈 수 있는 기회일까? 나는 어떻게든 여기서 벗어날 거다. 저들도 결국 밖에서 안으로 들어온 사람들이지 않은가? 분명히 기회라는 게 있을 거다. 나는 그 기회를 노려볼 거다.

밖에서 박수 치는 소리가 났다. 장 마담이 모두 나오라고 한다.

"자! 여기가 너희가 앞으로 일할 곳이야. 먹고 자고 입고 모든 걸 회사에서 알아서 해 주니까 밥값은 해야겠지!" 바로 여밈 교수라고 했던 여자가 "여기는 제가 맡아서 설명하겠습니다."라고 하자 장 마담은 다시 엘리베이터 타고 사라진다. 여밈 교수라는 여자는 매우 특이했다. 어떻게 저런 여자가 여기서 일하는지 알 수 없을 만큼 교양 있어 보였다. 또박또박 쓰는 존댓말과 예의를 벗어나지 않는 행동이 이 사람들의 실체를 혼돈스럽게 생각하기 충분했다. 여밈 교수가 남자들에게 사인을 준다.

"자 여기 집중! 엘리베이터에서 회원이 내리는 순간부터 여러분들이 어떻게 해야 하는지 수업해 보겠습니다." 모두를 모아 둔 상황에서 험상궂은 남자를 회원으로 인지시키고 대접하는 방법을 설명하기 시작했다.

이곳은 회원만 입장할 수 있는 회원 전용 카지노였으며 그들 외에는 이곳이 여기에 있다는 자체를 모르게 운영되는 비밀 장소였다. 이런 비밀을 유지할 수 있는 이유는 경찰과 고위 공무원이 뒤를 봐준다는 것도 알게 되었다. 나를 찾는 회원이 많으면 많을수록 이 안에서 누릴 수 있는 혜택이 좋았으며 도망을 친다거나 회원을 이용한 그 무슨 행위도 용서되지 않으며 발각 시 시신도 찾을 수 없이 갈가리 찢어 판매가 된다는 이야기도 빠지지 않고 했다. 그리고 전에 있던 사건 사고와 그 처리에 대한 이야기는 일반적인 개념과 상식으로는 절대 이해할 수가 없었다.

여밈 교수가 여자들에게 이곳에 룰을 설명한다.

첫 번째, 여기 그 누구도 회원들과 이야기할 수 없다.

두 번째, 오직 미소만 짓는다. 얼굴을 찡그리거나 회원이 불편함을 한 번이라도 느끼면 즉시 제거된다.

세 번째, 팁은 9:1로 나뉜다.

네 번째, 회원이 룸으로 들어가자고는 할 수 있지만 여자들이 먼저 해서는 안 된다.

다섯 번째, 돌발 상황 시 바텐더에게 손을 들어 사인을 준다.

여섯 번째…, 계속되는 금지 사항과 교육은 끝이 없었다.

도대체 어떤 사람들이 이곳에 올까?

두렵기도 했지만 궁금하기도 했다.

도대체 어떤 사람들이란 말이냐….

드디어,

회원이 오기로 한 첫날이다.

여자들은 마치 군대에 입대한 것처럼 하나부터 열까지 시키는 대로 훈련받았다. 모델의 얼굴을 스크린으로 하나씩 보여 주며 똑같이 따라 하도록 했으며 가장 비슷하게 표현하는 여자에게는 포인트를 깔아 주었다.

개인 카드에 회원이 주는 팁을 포인트로 쌓을 수 있는 시스템인데 9:1로 회사가 9를 가져가고 여자들이 1을 가져가면서 쌓는 점수 같은 거였다. 그걸로 무엇이든 주문하고 살 수 있었다. 이미 배우 뺨치게 따라 하는 노랑 옷의 여자가 있었는데 그 여자에게 100포인트를 넣어 주었고 그 여자는 그 돈으로 원하는 것을 주문한 상태였다.

모두가 준비를 마쳤다.

카지노에 환한 불이 켜지고 잔잔한 클래식 음악이 흐른다. 벽 쪽의 룸과 바에는 은은한 조명이 켜졌다.

모두 엘리베이터에 시선이 쏠렸다. 하지만 여밈 교수는 시선을 다른 곳으로 분산시키도록 지시했고 누구와도 눈이 마주치지 않게 서로를 의식하나 의식하지 않도록 연출시켰다.

사람이 내리는 소리가 난다. 나는 초록 룸 안에서 나와 천천히 다른 곳으로 시선을 돌리는 척 누가 왔는지 쓸쩍 본다. 장 마담과 함께 온 사람이 보인다. 카드를 돌리는 딜러다.

헉! 저 사람은? TV에서 자주 보던 배우다. 얼마 전 마약 복용으로 집행유예를 받고 보이지 않던 여배우. 이름이 뭐더라…. 이수연? 원래는 걸그룹이었는데 혼자 배우로 나와서 영화도 찍고 광고도 찍더니 스캔들 터지고 바로 마약 복용으로 뉴스에 나와 하루아침에 없어진 이수연 맞다! 저 여자가 어떻게 여기에?

그것도 딜러 복장으로 이곳에서 보다니 황당 그 자체다. 장 마담이 이수연을 카드 테이블에 세워 두고 무슨 지시를 한다.

스르륵 하는 소리와 함께 남자가 내렸고 이번에는 여밈 교수가 안내를 한다.

50대쯤 보이는 깔끔한 남자가 장 마담 쪽으로 걸어가자 이수연이 남자의 윗옷을 받아 옷걸이에 걸어 준다. 그리고 장 마담과 여밈 교수는 노랑 룸 쪽으로 들어갔다. 남자가 의자에 앉자 이수연과 이야기를 나눈다. 이수연은 TV보다 실물이 훨씬 예뻤다. 얼굴에 점 하나 없이 깨끗하고 단아한 도자기같이 빛이 났다. 한 오 분 정도 이야기를 나누더니 준비된 카드를 펼치기 시작했다. 순간 너무나 놀랐다. 카드를 펴고 접는 솜씨가 대단했다. 카드를 접는 소리, 섞는 소리, 순식간에 펼쳐지는 마술쇼만큼 빠르고 잘했다. 남자는 이미 알고 있다는 듯 여유로워 보였다.

이수연이 카드를 남자에게 주며 음료나 필요한 게 있는지 묻는다.

남자가 "자니 워커블루."라고 하자 이수연이 바를 보며 바텐더에게 술을 준비하라고 말했고 바텐더는 우리 중 한 명에게 오라는 손짓한다.

노랑 룸에 있던 장 마담이 노랑 옷을 입은 여자에게 서빙을 시켰다. 은으로 만든 쟁반에 술과 올리브를 가지고 걸어가 남자에게 건넨다. 순간 뭔가 이상함을 느꼈다. 이수연과 노랑 옷을 입은 여자가 매우 닮았다는 거다.

흔히 말하는 짝퉁이라고 불리는 3류 가수나 배우들처럼…. 비슷한데 다른 사람이 그 사람을 흉내 내고 그렇게 사람들을 모으는 것처럼….

남자가 노랑 여자를 본다. 우리들은 이 상황을 어색하게 지켜보고만 있다.

카드를 한참 하다가 남자가 이수연에게 이런저런 말을 시킨다. 뉴스에서 나온 이야기를 하다가 무슨 약을 했는지 물었다.

마약의 종류와 각기 다른 환상의 경험을 아무렇지 않게 이야기하면서 "봐준다고 하더니 이번에는 안 되더라구요."라며 코끝을 찡긋한다. 그러자 남자가 무엇이 가장 황홀했는지 물었다. 그때 이수연이 뒤에 있던 남자를 부른다. 귀에 대고 뭐라고 하자 남자가 알겠다는 듯 고개를 끄덕이며 장 마담과 여밈 교수가 들어간 룸으로 간다. 곧 장 마담이 나오고 엘리베이터 타고 내려가 오 분도 안 되어서 올라왔다.

은쟁반을 들고 왔는데 쟁반 위에는 예쁘고 작은 상자가 있었다.

어…. 저 상자는 내가 룸살롱에서 보았던 바로 그 상자다. 어떻게 여기에서 저 상자를 볼 수 있지? 눈을 의심한다. 가까이 가서 보고 싶었지만 그럴 수 없다.

남자에게 보여 준다. 남자가 상자의 뚜껑을 열어 본다. 대체 저 안에 뭐가 있을까….

남자가 이번에는 칵테일을 주문한다. 또 다시 노랑 옷을 입은 여자를 부른다. 여자는 바텐더가 만든 칵테일을 가지고 남자에게로 간다. 그러자 이수연은 그 상자에서 보라색 알약 같은 동그란 것을 하나 꺼내고 칵테일에 넣는다.

남자는 카드를 치는가 싶더니 바로 칵테일을 마신다.

벌떡 일어나더니 이수연과 함께 노랑 룸으로 걸어간다. 그러자 이수연은 노랑 옷을 입은 여자를 안으로 들여보냈고 룸 앞에 서서 그들을 보고 있었다.

뭘 보고 있는지 무슨 소리라도 듣고 싶었으나 음악이 크게 커지면서 들을 수가 없었다. 그리고 한참이나 둘은 나오지 않았다.

엘리베이터가 열리자 또 다른 남자 둘이 올라왔다. 바로 여밈 교수가 나와 인사를 하고 테이블로 안내했다. 두 남자는 카드게임 테이블에 앉았고 장 마담이 칩을 들고 와 보여 준다.

처음 보는 여자가 깊게 파인 드레스를 입고 엘리베이터에서 내려 딜러로 섰고 남자들은 카드를 받기 전 와인을 주문했다. 바텐더와 눈이 마주친다. 헉…. 바에서 나를 부른다.

순간 몸이 떨렸지만 아닌 척 천천히 바로 걸어간다. 그리고 준비된 와인을 은쟁반으로 옮긴다. 병을 보니 더블이글이라고 써 있다. 뭔지 모르지만 와인을 들고 조심스럽게 걸어간다. 그리고 남자들 옆에 와인을 내려놓자 드레스를 입은 여자가 와인을 들어 보여 주며 미소를 띠운다. 그리고 와인 따는 전동 기계로 돌려 따더니 와인잔에 조금 따라 주고 기다린다. 남자가 와인잔을 들고 한 바퀴 두 바퀴 돌리더니 잔 안으로 코를 넣어 눈을 감고 향을 맡는다. 그러더니 한 입에 물고 마치 가글하듯 입 안 구석구석 돌리면서 특이한 소리를 낸다. 한참이나 입을 다물고 있다가 꿀꺽 마시더니 "역시 더블이글! 싸고 맛도 좋고." 여자를 보며 가득 따라 달라고 손짓한다. 그때 여자의 손을 보면서 나는 알았다. 여자가 아닌 남자다. 순간 놀랐다. 여자보다 예쁘고 여자보다 몸매가 좋았지만 목에 걸린 아담의 목젖은 숨기기 힘들었다.

와인을 따라 줄 때 테이블을 본다. 카드를 위해 들고 왔던 칩은 동그란 것도 있었고 네모난 칩도 있었다. 네모난 칩은 뭘까? 나도 모르게 뭐라고 써 있는지 궁금해서 가까이 본다.

헉! 1억이라고 써 있다. 이 사람들은 1억짜리 칩을 몇 개나 깔고 있었다.

신기해하는 나를 보던 남자와 눈이 마주쳤다. 나는 최대한 빠르게 눈을 바닥으로 돌렸고 쟁반을 들고 빠지려는 순간 남자가 내 손을 잡았다. 당황해하는 나를 보더니 손에 뭔가를 쥐어 준다. 그때 여밈 교수가 다른 와인을 들고 와서 내 옆으로 왔다. 자연스럽게 웃으며 나를 뒤로 빼고 남자에게 다른 와인을 설명한다.

휴…….

재빠르게 초록 룸 쪽으로 온 나는 남자가 손에 쥐어 준 그걸 펴서 본다.

칩이다. 빨강 칩. 천천히 살펴보자 어느새 옆으로 온 여밈 교수가 "100만 원 벌었네."라고 한다. 맞다. 나는 와인을 가져다 주고 100만 원을 받은 거다. 기쁘기도 했지만 무섭기도 했다.

이걸 받아서 뭘 할 수 있을까…. 혹시나 저 남자가 나를 룸으로 끌고 가지 않을까 하는 생각에 온몸에 소름이 돋았다. 하지만 그 남자는 함께 온 남자를 룸으로 데리고 들어갔다. 충격적이었다. 세상은 내가 모르는 게 너무 많았고 알고 싶지 않은 것을 알게 되었다. 이게 도대체 무슨 세상인지 어디로 가고 있는지 머리가 터질 듯이 아팠다.

이렇게 여기서 언제까지 있어야 하는지 좌절뿐이다….

일주일쯤 지난 것 같다.

지금까지 10명도 안 되는 회원이 왔고 모두 다른 얼굴들이었다. 함께 지낸 여자들도 이제는 안면이 있어서 서먹함과 불안감은 훨씬 나아지고 있다고 생각했는데 드디어 사건이 터졌다.

얼굴이 벌건 남자가 올라왔다. 목소리가 매우 컸는데. 취한 것 같았다. 취해서 말이 어눌한 줄 알았지만 한국 사람이 아니었다. 그리고 카드를 하러 온 줄 알았는데 그것도 아니었다. 저 남자는 왜 왔을까? 하는 생각을 하고 있을 때 장 마담이 여자 두 명을 엘리베이터를 태우고 왔다. 우리들과는 달리 옷이 매우 야했다. 평소 잔잔했던 음악은 끈적끈적한 음악으로 바뀌고 조명이 모두 꺼졌다. 첫날 보았던 무대에 불이 켜지고 봉이 내려왔다. 그 무대로 레이저가 몽롱한 빛을 쏜다.

여자들은 음악에 맞춰 그 위로 우아한 고양이처럼 올라갔다.

아주 천천히 말로 할 수 없는 동물적인 몸부림으로 음악에 맞춰 움직이고 있었다. 두 사람이었지만 하나의 움직임처럼 자연스러웠고 커다란 보아뱀이 움직이는 것처럼 뭔가 징그러운 듯 예술적인 느낌이 들었다. 우리들 모두 정신이 나간 듯 두 여자에게 빠져 들었다.

그 남자가 무대 바로 앞으로 가까이 다가가 앉더니 부담스러울 정도로 여자들을 샅샅이 보고 있었다.

뭐라고 하는데 알아들을 수가 없었다. 여자들의 몸을 보며 흥분한 남자에게 여자는 더욱더 자극적인 눈빛으로 몸을 움직였다. 그때 순식간에 남자가 옆에 서 있던 빨강색 여자를 잡아채더니 룸으로 끌고 들어갔다. 음악 소리를 뚫고 크게 여자의 소리가 들렸다.

"악!!!!!!!! 이게 놔주세요!!! 제발."

남자가 여자를 때리는 소리가 크게 났다. 누군가 들어가 말릴 것이라고 생각했다. 하지만 그건 내 착각이었다. 그 누구도 움직이지 않았고 덩치 큰 남자들은 이런 상황을 위한 사람들이 아니었고 당연한 듯 방관하고 있었다. 아니 더 정확하게 즐기는 것 같았다. 뭘 하는지 알 수 있었다. 여자의 숨소리가 거칠었고 우리 모두 듣고 있었다. 갑자기 노랑옷 여자가 도저히 못 참겠다는 듯 빨강 룸으로 뛰어 들어갔다.

그러자 남자가 미친 듯이 큰 괴성을 질렀다.

바로 대기하던 남자가 후다닥 들어갔다. 빨강 옷을 입은 여자를 데리고 들어갔던 남자가 얼굴에 피가 흥건히 묻은 채로 나왔고 뭐라고 소리를 질렀다. 장 마담이 바로 왔다.

알고 보니 남자는 노랑 옷 여자에게 얼굴을 물렸고 몹시 화가 나 있었다. 그렇게 아수라장이 되자 닥터 임이라는 남자가 올라와서 남자의 얼굴을 살폈다.

바로 소독약으로 닦고 반창고를 붙이면서 마무리가 되어 이쯤에서 끝날 줄 알았지만 그건 나의 착각이었다.

장 마담이 여밈 교수에게 무엇인가 들고 오라고 지시했다.

뒤에 있던 여밈 교수의 얼굴이 어둡다. 그리고 천천히 장 마담의 지시에 따른다.

빨갛게 달아오른 장 마담의 얼굴을 보자 분노가 한눈에 느껴졌다.

여밈 교수가 커다란 은쟁반을 들고 온다. 그 위에 무엇이 있을까? 살펴본다. 채찍, 총, 그리고 칼이었다.

헉! 저걸로 뭘 하려는 걸까…. 그리고 남자 앞에 서자 기다렸다는 듯 바로 채찍을 잡아 들었다. 방으로 뛰어 들어간다. 휙! 하는 채찍 소리가 났다. 바로 여자의 날카로운 비명 소리가 뒤를 따랐다. 너무나 충격이었다. 휙! 휙!!! 소리는 수없이 반복되었고 밖에 있던 여자들은 패닉 상태였다.

모두가 울고 있었다.

땀을 비 오듯이 흘리며 드디어 남자가 나왔다. 피와 침, 콧물이 범벅이 되어 차마 쳐다볼 수가 없을 지경이었는데…. 그 남자는 웃고 있었다. 나는 믿을 수가 없었다. 마치 호러 영화에 나오는 사이코패스 미친 살인자처럼 피로 물든 손과 더러운 얼굴로 껄껄거리며 크게 웃고 있다.

뒤에 있던 장 마담이 남자에게 준비된 검정 가운을 걸쳐 준다. 마치 복싱 게임이 끝나고 이긴 챔피언에게 입혀 주는 것처럼. 그리고 마지막으로 머리에 금장으로 된 왕관을 씌웠다.

모두 말을 잃었다. 장 마담은 이런 일들이 벌어질 것이라는 걸 알고 있었다. 준비된 가운과 왕관. 이 모든 게 계획적이다

엘리베이터를 타고 미치광이들이 사라지자 룸 안의 여자가 걱정되었지만 아무도 움직이지 않았다.

내가 용기를 내어 제일 먼저 룸 쪽으로 가 본다.

여밈 교수가 한 손으로 머리를 잡고 눈을 감고 있었고 두 여자 모두 바닥에 쓰러져 있었다. 피가 범벅이 되어 정신을 잃고 바닥에 있는 여자를 멍하니 보고 있는 나를 밀치며 남자 둘이 들어왔다. 늘어진 두 여

자의 뺨을 손으로 때려 상태를 본다.

반응이 없다. 그렇게 여밈 교수를 쳐다보며 고개를 흔든다.

여밈 교수가 말이 안 나오는 듯 손으로 사인을 준다.

그대로 남자가 여자 둘을 어깨에 메고 내려갈 때 그 누구도 여자의 얼굴을 알아볼 수 없었다.

바닥에 홍건히 묻은 피를 보자 남아 있던 여자들이 오열을 한다. 그 누구도 소리를 내지 않았다.

소리 없는 오열…….

하루가 지났다.

어제 실려 간 여자들 소식은 없다. 모두가 궁금했지만 아무도 말하지 않았다.

그날 저녁 우리를 모아 두고 여밈 교수가 이야기한다. "어제 같은 상황은 일어나서는 안 됩니다. 우리는 회원이 원하는 대로 철저하게 움직이며 그렇지 않을 시 즉시 제거됩니다. 다시 말하지만." 언제부터 있었는지 장 마담이 말을 이었다. "그냥 개죽음이야. 개죽음! 주인을 물어? 미친년!"

"내가 니년들에게 들인 돈을 생각해! 내가 10원이라도 손해 보는 일이 생긴다면 니년들 장기를 모두 팔아서 갚아야 할 거다."

그때 엘리베이터에서 남자가 봉투를 들고나와 장 마담에게 건넨다.

"때마침 왔네. 그년이 받은 팁으로 니들 간식 주문한 거."

바닥으로 봉투를 내던지자 포장된 떡볶이와 김밥 그리고 튀김이 있었다.

맞다. 노랑 옷 여자가 100만 원 받은 팁 중 포인트로 우리에게 돌아온 10만 원으로 모두의 간식을 시킨 거다. 모두가 숙연히 떡볶이를 보고 있었다. 그렇게 우는 여자들을 보며 여밈 교수가 어두운 얼굴로 우리를 보면서 조용히 말한다. "모두 하던 업무 계속하세요."

그렇게 영업은 계속되었고 여자들은 살기 위해 열심히 일했다.

아무도 그렇게 죽어 나가고 싶지 않기 때문이다.

이곳에서 나갈 수 있을까…. 내가 없어졌다는 걸 외숙모와 지홍 오빠가 알고 있다. 분명히 나를 찾아올 것이다. 외숙모는 그 사이코 변태 형사를 알고 있지 않은가. 분명히 나를 찾고 있을 거다.

분명히….

이곳의 환경과 시스템을 잘 생각해 보면 카지노를 지키는 남자들, 옷과 화장을 하는 여자들 그리고 춤을 추던 여자들은 외부에서 들어온다.

그렇다면 그중에 한 사람과 친해진다거나 그 일을 할 수만 있다면 나도 기회라는 게 오지 않을까? 이렇게 여기서 죽는 날만을 기다릴 수는 없다.

뭐라도 해 볼 각오를 한다. 남자들과 친해지려면 어떤 방법이 좋을까? 우리가 여기서 받는 팁을 주거나 몸을 주어야 할 거 같고 춤을 추는 여자들은 보여만 줄 뿐 남자들보다 낫다는 생각을 한다. 그리고 메이크업과 옷을 준비하는 코디들…. 이쪽이 훨씬 안전하다. 그렇다면 어떻게 할 수 있는지 어떻게 그 일을 하게 됐는지 틈을 타서 물어보기로 했다.

오늘도 역시 1분도 늦지 않고 코디와 메이크업 언니들이 올라왔다. 의자에 앉자 메이크업이 시작된다.

나는 조용히 물었다. "언니. 바에서 춤을 추려면 어떻게 해야 해요?" 붓을 잡은 손이 잠깐 머뭇거리더니 낮은 목소리로 내 귀에 속삭인다. "손님 성향을 잘 읽어. 카드를 하러 왔는지 술을 마시러 왔는지 약을 하러 왔는지 춤을 보러 왔는지를 말이야. 춤을 보러 온 사람이 어떤 음악을 좋아하는지 그걸 보고 그 앞에서 그 사람의 취향에 맞춰 봐. 그리고 여밈 교수에게 춤을 추고 싶다고 말해." 동그래진 내 눈을 보면서 마지막으로 말한다. "하지만 그게 안 될 때 바로 사라지기도 해." 바로 사라진다고? 무슨 말일까? 아…. 며칠 전 여자들처럼 그냥 사라진다는 거구나. 하지만 어차피 이렇게 여기서 이렇게 죽어 나간다면 한 번이라도 기회를 노려보는 것이 최선이라고….

믿음의 배신

Unforgivable treachery

무슨 날인지 카지노에 많은 사람들이 왔다.

모두가 영어를 쓰고 있었다. 그중 유난히 뚱뚱한 미국 남자가 있었는데 그 남자에게 서로 잘하려고 애쓰는 게 보였다. 나는 어릴 적 영어 유치원을 다녔다. 아니 더 정확히 엄마가 운영했던 공부방이었다. 우리 엄마는 아이들을 가르치는 일을 좋아했고 영어를 전공해서 영어로 만화를 보게 했고 영어로 동화책을 읽어 주셨다. 덕분에 귀에 걸리는 단어들이 많았고 대화를 이해할 수 있었다. 때마침 그 남자에게 술을 서빙하도록 나에게 은쟁반을 주었고 그 남자를 서빙하면서 무슨 이야기를 하는지도 들었다.

남자는 미국에서 퍼플비타민이라는 약을 만들어 들여오는 사람이었고 그 뒤를 봐주는 사람들과 물건을 받는 사람들이라는 것으로 이해했다.

남자는 눈치가 빨랐다. 나를 보더니 "What is your name?" 순간적으로 어릴 적 내 이름을 말한다. "My name is Dorothy, like in the Wizard of Oz."라고 하자 남자가 크게 웃는다. "It's nice to meet you Dorothy, my name is Jack."이라며 손을 내민다.

그때 장 마담이 잽싸게 우리 테이블로 왔다. 눈으로 레이저 광선을 쏘듯 나를 보더니 "너 영어해?" 순간 얼음처럼 말문이 막혀 서 있자 잭이 장 마담에게 말했다. "I like her, please leave us alone." 잔뜩 겁먹은 나를 보던 잭이 내 손을 잡더니 뭔가를 쥐여 준다. 그리고 스윽 웃더니 다시 사람들과 이야기를 한다. 나는 쟁반을 들고 룸 쪽으로 왔다. 장 마담이 나를 따라왔다. "너 룸 몰라? 왜 말해!" 하더니 내 손을 잡아챘다. 손에 쥐고 있던 게 떨어졌다. 본능적으로 바닥으로 숙여 떨어진 걸 줍는다. 이건 카드 할 때 돈 대신 쓰는 칩이다. 칩을 주워 올리다 장 마담의 휘둥그레진 눈을 본다. 칩에 써 있는 숫자를 본다. 천만 원! 잭은 처음 보는 나에게. 천만 원을 준거다. 우리를 멀리서 바라보던 잭이 장 마담에게 소리친다. "That is Dorothy's money." 뻔뻔한 장 마담은 "예스 어브콜스."라며 어색하기 짝이 없는 미소를 날린다. 그렇게 긴 시간 나는 잭의 술을 서빙했다.

그날 저녁 누워 잭이 주고 간 칩을 손에서 돌려 보며 생각한다.

이것으로 내가 할 수 있는 게 무엇일까?

우리가 받은 모든 팁은 회사가 9 내가 1로 나뉘고 그 돈으로 내가 뭐든 할 수 있다는 걸 알고 있다. 놀랍게도 잭이 나에게 천만 원, 회사에 9천만 원을 주고 갔다는 걸 알게 되었고 천만 원은 모두 내 돈이 되었다. 잭 덕분에 나는 제거 대상에서 조금 멀어졌다. 왜냐하면 잭은 이곳의

VVIP였고 그가 나를 찍었기 때문이다.

다음에 나를 찾을 때도 내가 있어야 했기에 나를 두고 봐야 했지만 결국 회사도 돈을 챙길 수 있기 때문이다.

심지어 잭이 카지노에서 나갈 때 나에게 윙크를 하며 "See you again Dorothy."라고 한 그 한마디는 낭떠러지에 걸린 한 가닥 밧줄 같은 생명줄이었다.

다음 날 아침.

난 생각을 굳혔다. 메이크업 언니가 오기를 기다린다.

그리고 그 언니가 나를 의자에 앉혀 메이크업을 시작할 때 어제 받은 칩을 언니의 주머니에 넣었다. 깜짝 놀란 언니가 나를 본다.

언니 손바닥을 펴서 아이펜슬로 작게 써 내려간다.

'질러바 노래방' 이름을 쓴다.

언니는 거절하지 않았다. 분명히 놀란 듯했지만 아무렇지 않은 듯 내가 끝나자 다음 여자를 준비시킨다.

그리고 나는 아이리무버로 손의 글을 지우며 카지노에서 가장 큰 도박을 언니에게 걸었다.

그날 저녁 몇 명의 여자들이 더 추가됐다. 한눈에 봐도 이제 겨우 중학생 정도 된 어린 아이들로 보였다. 쟤네들은 어쩌다가 이곳으로 왔을까 하는 생각을 하고 있는데 어느새 장 마담이 잭과 함께 왔던 남자들이 내 앞에 서 있다.

"너 영어 얼마나 해?" 순간 장 마담의 눈치를 본다. 담배를 피우던 장 마담이 "말해!"라면서 담배 연기를 내 얼굴에 뱉는다. "어릴 적 영어 유치원 다닌 정도요…." 남자가 "그럼 알아는 듣는 거지?"라고 다시 묻는다.

"네."라고 대답하자 장 마담과 이야기하면서 "얘로 하시죠."라며 의자에 앉는다. 장 마담이 뱀 같은 눈으로 나를 보면서 "너 살고 싶냐!"라고 묻는다. 나는 조용히 고개를 끄덕인다.

"내 말 잘 들어. 어제 그 미국 돼지 새끼가 오늘 다시 오면 조용히 우리가 준 술만 내어 주면 돼." 장 마담을 쳐다본다. 재떨이에 담배를 끄면서 "넌 더 알 거 없이 그냥 술만 줘." 그 말끝에 흘리는 뉘앙스는 잭을 죽이기라도 할 듯 들렸다. 장 마담의 눈빛은 의심할 필요도 없이 확신을 갖게 했다.

온몸에 힘이 빠진다. 미친 곳이다. 이곳은 모두 미쳤다. 지금 나더러 사람을 죽이라는 건가? 어떻게?

돌아가신 우리 엄마를 볼 수 없어 도망친 나였지 않은가?

손이 벌벌 떨린다. 이곳에서 희망을 준 사람을 내가 죽인단 말인가? 머리가 빙글빙글 돈다.

아….

집에 가고 싶다. 오빠가 보고 싶다.

눈물이 흐른다. 멈출 수가 없다. 남자가 나를 보며 장 마담에게 뭐라고 말을 건넨다. 그리고 장 마담이 나를 보며 한마디 한다.

"아님 니가 죽든가."

시커멓게 질린 나를 보며 대기실로 이동시켜 진정한 후 다시 오라는 지시를 한다.

대기실로 들어가 멍하니 의자에 앉아 마음을 진정시킨다. 차가운 물을 마시고 한 시간 정도 앉아 있었을까. 문을 열고 누군가가 들어왔다. 메이크업 언니다. 흐트러진 내 화장을 고치러 온 듯했다. 언니의 얼굴이 어둡다. 뭔가 할 이야기가 있는 듯. 설마? 벌써 노래방으로 내 연락을 해 준 걸까?

면봉으로 내 눈 밑에 번진 아이라이너를 닦아 주며 자신의 손바닥을 펴서 나에게 보여 준다.

'외숙모, 형사, 장 마담 한패!'

귀에서 쾅! 하는 소리가 들렸다.

뭐라는 거지? 지금 내가 뭘 본거지? 어이없는 눈으로 언니를 보자 안 됐다는 눈빛으로 나를 바라본다. 멈출 수 없는 눈물이 흐른다. 엉엉 소리 내어 울기 시작했다.

외숙모는 계획적으로 나를 형사와 엮었고 나는 아무것도 모른 채 이곳으로 팔려 왔던 거다. 나는 진심으로 외숙모를 마지막 가족이라 생각했다.

세상에 남은 마지막 가족이라는 믿음으로….

모두가 거짓말쟁이들 위선자들……. 눈물이 멈추지 않는다.

언니가 여밈 교수를 부른다. 대기룸으로 온 여밈 교수가 내 꼴을 보면서 바로 장 마담에게 전화를 건다. "얘는 오늘 안 되겠어요." 한참이나 전화기를 들고 있다. 전화기 너머로 장 마담의 괴성이 들린다. "그냥 해!" 가만히 듣고 있다가 전화기를 끊는다.

나는 바로 올라간다. 내 얼굴을 보며 언니가 말한다. "진짜 이기는 사람은 여기서 끝까지 살아남는 사람이야." 조용히 입술에 립글로스를 발라 주며 귀에 대고 말한다.

그렇게 나는 바로 엘리베이터에 태워져 카지노로 올라간다.

너무나 괴롭고 혼란스럽다.

문이 열리는 순간 무대가 보였다.

정중앙에 첼로, 바이올린, 베이스를 연주하는 사람이 있었고 노래하는 가수도 보였다. 그사이로 장 마담과 잭 그리고 잭과 왔던 남자들이 앉아서 음악을 듣고 있다. 천천히 앞으로 나간다. 잭이 나를 부른다. "Hi Dorothy. is everything ok? You don't look well." 나는 장 마담을 의식하며 최대한 미소를 지으며 웃어 보였다. 잭은 오늘 무슨 일이 벌어질지도 모르고 음악에 취해 있었다.

바텐더가 나를 부른다.

그리고 카운터에서 준비해 주는 와인을 은쟁반에 올려 잭에게 들고 간다.

이 중에 무엇일까….

잔은 세 개였다. 세 사람이 함께 먹는다면 게다가 아까 그 남자도 함께 먹는다면 아직은 아닌가….

인간쓰레기 같은 저 남자는 사람을 죽일 음모를 가지고도 웃고 떠들고 있다.

순간 우리 집에 와서 아빠의 돈을 뻥 뜯어갔던 삼촌들이 생각났다. 나도 모르게 분노가 끓어올랐다.

이 상황에서 내가 할 수 있는 최선은 무엇일까….

침착하게 생각한다. 우리 아빠라면 어떻게 했을까….

어디에 약을 탈 건지 언제 탈 건지 나는 알아야 한다.

시간이 흐르면서 음악은 재즈로 바뀌었고 잭과 일행은 무대를 보며 이야기를 나누고 있다.

4번째 와인 병과 비스킷을 테이블로 올려놓는다. 새로운 와인잔 3개를 세팅하면서 아직은 약을 타지 않았겠구나 하는 생각을 한다. 잭은 아무런 의심도 없이 즐겁게 먹고 마시고 있다. 그러던 잭과 눈이 마주친다. 순간 나도 모르게 눈알이 돌아간다. 그를 똑바로 볼 수가 없다.

음악이 빠른 박자로 다시 바뀐다. 고개를 돌려 연주하는 사람들을 본다. 낯익은 얼굴이 있다. 노래하는 저 사람은 팝페라 가수로 대학가에서 뮤지컬 주인공으로 여러 번 나왔던 꽤나 유명한 사람이다.

이곳은 정말 어떤 곳인지 알 수가 없었다. 저 사람들은 여기가 어떤 곳이라고 알고 왔을까? 어쩌면 저들은 자유롭게 공연만 하고 돈을 받을지도. 아니면 여기 우리처럼 어떤 이유로든 발목 잡힌 사람들일지도 모른다.

그렇게 꽤 많은 시간이 지났고 와인은 이미 여러 차례 다른 병으로 바뀌었다.

취기가 오른 듯 남자가 다시 작은 잔으로 바꾸어 술을 주문한다. 나는 바로 가서 술잔에 따라지는 술을 본다. 냄새가 특이했다.

알코올 냄새와 바닐라 향이 동시에 났다. 그리고 크리스털로 만든 멋진 컵에 완벽하게 만들어진 동그란 얼음을 넣고 준비해 은쟁반에 올리는 순간 바텐더가 나에게 중간 잔을 들어 보인다.

순간 알았다. 이건가 보다! 이게 확실하다!!!

나는 천천히 잭의 테이블로 걸어간다. 떨리는 손으로 테이블에 잔을 먼저 올려 둔다. 남자들 앞으로 크리스털 잔을 세팅하는 내 손의 떨림을 주체할 수가 없었다. 얼마나 손이 떨렸는지 쏟을 뻔했다.

간신히 테이블에 잔을 두고 뒤로 나가려고 하자 잭이 나를 불러 세운다. "Dorothy, are you ok? Please have seat here next to me." 잭을 쳐다보자 옆에 앉아 있던 남자 둘이 크게 웃으며 일어난다. "Hey you like the young one's eh?!" 순식간에 의자에 앉혀진다. 살인자 남자가 나에게 니 일을 똑바로 하라는 듯 쳐다보며 뒤로 빠진다.

나는 잭의 눈을 도저히 볼 수가 없었다. 약간의 취기가 있던 잭이 내 턱을 잡고 부드럽게 자기 쪽으로 돌린다. 잭의 눈이 보인다. 보라색이다. 깊은 보라색.

나도 모르게 눈물이 흐른다.

잭이 놀란 듯 주춤한다. 테이블에 있던 깨끗한 수건으로 내 눈물을 닦아 준다. 그리고 묻는다. "Dorothy why are you crying?" 순간 잭 뒤에 장 마담과 살인자 남자가 보인다.

아무 말도 할 수 없다. 위스키가 채워진 크리스털 3개의 잔 중 오른

쪽에 있던 술을 들어 코로 냄새를 맡는다. 그리고 얼음을 천천히 돌린다. "Hey have a drink, you'll feel better."

나는 잭이 준 컵을 들었다. 그리고 시키는 대로 천천히 마신다.

"흑! 콜록콜록! 흑!" 하고 기침이 났다. 잭이 크게 웃는다.

다시 천천히 술을 마셔 본다. 처음에는 독한 알코올 맛이 났지만 목 뒤로 넘어갈 때는 놀랄 만큼 부드러웠고 잔잔한 바닐라 향이 입 안에 맴돌았다. 잭이 나에게 말한다. "40 years old Ballentine's." 이게 말로만 듣던 발렌타인인가 보다. 갑자기 우연이 아버지가 생각난다. 우연이 집에 놀러 가면 볼 수 있었던 술들….

우연이는 살아 있을까? 아무것도 몰랐던 우연이까지 끌어들인 죄의식에 또다시 눈물이 흐른다. 나를 보던 잭이 눈물을 닦아 주며 "Is there a song you want to hear? I ask them to play anything you want."

나는 작은 목소리로 "Over the Rainbow please."라고 한다. 잭이 손뼉을 치며 무대 쪽으로 소리친다. "Over the Rainbow."

하던 연주가 바로 멈춘다. 잭을 보더니 알겠다는 듯 손을 들어 보인다.

바로 연주가 시작되고 가수가 노래를 부른다.

어릴 적부터 제일 좋아하던 곡. 집으로 가고 싶은 내 마음을 알기라도 하듯 서글프게 들렸다. 순간 잭이 나를 측은한 눈으로 본다. 그리고. 천천히 다가왔다.

순간 뭐라고 말할 수 없을 만큼 마음이 놓인다. 아니 뭐랄까. 근심이 없어졌다고 할까. 나는 절대 이 사람을 죽이지 않겠다. 차라리 나의 죽음을 선택할 것이다.

그렇게 음악이 흘렀고 나는 흐르는 눈물을 주체할 수가 없었다.

내 삶의 마지막 순간.

내 마지막 사람.

내 마지막 노래이지 않은가.

그때 장 마담이 우리 테이블에 와서 "에브리띵 오케?"라며 말을 걸었다. 잭은 아무 말없이 고개를 끄덕인다. 장 마담이 테이블 뒤로 빠지면서 나를 흘겨 본다.

나는 장 마담을 보며 잭에게 말한다.

"That woman is like the Witch of Oz." 잭이 크게 웃는다. 이때다! 나는 잭에게 그 마녀가 어떻게 죽었는지 기억나는지 묻는다. "Do you remember how the Witch dies?" 잠깐 생각에 잠기더니 "water?"라고 대답한다. 나는 고개를 끄덕인다. "It can also be alcohol."

그러자 잭은 순간적으로 생각에 잠긴다. 눈치를 챘을까?

잭이 중간에 놓인 술잔을 입에 대려고 하는 순간 나는 잭에게 달려들어 키스를 한다.

잭은 나를 무릎 위에 앉히고 양손으로 내 엉덩이를 끌어안더니 자기 몸 쪽으로 바짝 당긴다.

우리를 바라보는 사람들의 분위기가 싸했다. 나는 이미 룰을 여러 번 어겼다. 말을 해서도 안 됐고 먼저 키스를 해도 안 됐다. 하지만 나는 나에게 희망을 준 잭을 지키고 싶었다. 잭의 숨소리가 약간 거칠어진다.

그렇게 우리는 의자에 앉아 한참이나 서로를 탐닉할 때 음악이 빠른 박자로 바뀐다. 그때 다시 잭 귀에 아주 낮은 목소리로 속삭인다.

"Poison." 잭이 꿈틀하는 게 느껴진다.

천천히 나를 일으켜 세우더니 지긋하게 바라본다.

그러더니 갑자기 바텐더에게 소리친다. "Let's party!! Drinks are on me! How many people are in here?" 잭을 쳐다본다.

멍해진 바텐더를 제치고 함께 왔던 살인자 남자에게 다시 묻는다.

"How many people are in here?" 남자는 급 당황해하면서도 태연한 척 사람 수를 세어 본다. "하나, 둘, 셋…. 서른한 명…. 모두 서른한 명." 손으로 3과 1을 잭에게 보여 준다. 잭이 바텐더에게 소리친다. "Bartender! Give me 31 shots of the 40 year Macallan!"

장 마담의 얼굴이 얼음처럼 굳어진다. 잭이 나를 보며 "Dorothy will you bring the shots?"라고 한다. 자리에서 일어나 바로 걸어간다. 똑같은 크리스털 잔에 바텐더가 떨리는 손으로 위스키를 준비한다. 모두 채워졌다. 은쟁반에 하나하나 담는다. 그리고 잭에게 다가간다.

잭은 눈 하나 깜짝하지 않고 웃고 있었다. 나는 알았다. 살인자 남자보다 잭은 한 수 아니 두 수 위다. 나를 보며 테이블에 올려 두라고 한다.

그래서 잔들을 이리저리 막 섞어 올려놓는다.

잭이 모두를 불렀다.

"Everyone raise your shot glasses! Tonight I'm feeling good its on me!"

장 마담이 앞으로 나와 잭에게 더듬거리며 한마디 한다. "오… 유 리 얼리 돈 해브 투!"

장 마담이 가증스러운 미소로 손을 들어 잭을 말려 본다. 잭이 큰 소리로 웃으며 말한다. "Madam, don't worry. I don't care if you charge me $100,000 or a million dollars a shot, this is nothing to me."

그러자 장 마담을 바로 보면서 말한다. "Since you're the owner of this place I want you to have the very first shot." 퀭한 장 마담의 얼굴이 보인다.

순간 통쾌함이 온몸에 짜릿하게 퍼진다.

장 마담은 태연한 척 테이블 끝에 걸린 잔을 잡아 들었다. 그러자 잭이 "bottoms up!!"이라고 하자 잠시 멈칫하더니 눈썹이 살짝 위로 올라간다. 천천히 한입에 털어 넣으며 숨을 참는다. 그리고는 "Thank you."를 연발하며 뒤돌아선다.

처음으로 장 마담의 긴장된 얼굴을 본다. 그리고 독약이 장 마담 잔에 있기를 바랐다.

잭이 같이 온 남자 3명을 바라보며 똑같이 말한다. "Any last words?" 남자들은 어두운 낯짝으로 걸어와 어색한 웃음을 잭에게 보낸다. 첫 번째 남자는 장 마담과 같이 테이블 끝에 있는 잔을 들었고 두 번째 남자는 중간에서 잔을 들자 잭이 벌떡 일어났다.

그리고 바로 옆에 있던 잔을 들었고 자신의 위스키 잔을 남자에게 건네고 남자 것을 자기에게 달라고 한다.

순간 남자의 흔들리는 눈빛과 잭의 눈빛이 교차된다. 뚱뚱한 잭을 돼지라고 불렀지만 그는 호랑이였다. 맞다. 호랑이다. 그 누구도 잭을 죽음으로 몰 수 없었다. 그리고는 여유 있는 웃음으로 크게 건배를 외치고 원샷한다.

너무나도 고요했다. 음악이 다시 흐른다. 신나는 재즈 음악이 흐른다.

장 마담은 팔짱을 낀 채 어색하기 짝이 없는 웃음을 띠우며 잭을 바라보고 있었고 하나둘씩 앞으로 나가 잔을 들고 잭에게 감사 인사를 하며 건배를 하고 원샷을 했다. 그렇게 모두 마시자 잭은 매우 만족스러운 얼굴로 자리에서 일어나 "Tonight is the night of my life and I want to thank everyone here. especially my lovely server Dorothy."라며 나를 다시 불러 테이블 앞에 세운다.

그리고는 장 마담을 부른다. "My tip to Dorothy is $100,000."

함께 온 남자를 보면서 나가자고 한다. 남자들은 아무 일 없다는 듯 일어나 여밈 교수와 엘리베이터로 이동했다.

그들이 내려가자 첼로를 켜던 여자가 갑자기 기침을 한다.

그리고는 바로 피를 토한다. 아니 피를 뿜는다. 그 옆에 서 있던 사람들 얼굴에 피가 튀었고 괴성을 지르기 시작한다. 바닥으로 힘없이 쓰러지더니 온몸을 부르르 떤다. 하지만 그 누구도 가까이 가지 않았다.

함께 왔던 성악가는 바텐더가 있는 바로 달려가 위스키를 병째로 벌컥벌컥 마시고 여자들은 모두 숙연해져 있다.

장 마담이 나에게 왔다. 그리고 '찰싹' 내 뺨을 때린다.

사람들이 악기를 싸기 시작한다. 남자들은 이미 숨이 끊어진 첼로리스트를 등에 업고 엘리베이터를 타고 내려간다.

아수라장이 된 카지노 불이 꺼지고 우리는 바로 여자 숙소로 내려졌다.

장 마담은 내가 잭에게 무슨 말을 했는지 모니터링하겠다며 사람들과 지하로 갔다. 시간이 꽤나 흘렀고 한참 만에 장 마담과 여밈 교수가 나에게 왔다.

장 마담이 나를 죽이기라도 할 듯 본다. 잭 귀에다 무슨 이야기를 했냐고 집요하게 같은 말을 되묻는다. 조용히 바라보는 여밈 교수가 무슨 말을 할 듯 보였지만 입을 다물고 있다.

나는 장 마담을 뚫어지게 쳐다보며 말한다. "기미 머니."

장 마담이 한참이나 멍하게 나를 보더니 빵 터진다. "이년 제법인데!" 큰 소리로 한참을 웃는다. "기특한 년. 그 말이 거짓말이라고 해도 니년은 꽤나 이곳에 오래 있겠네!" 위아래로 한 번 더 흘겨보더니 바로 나간다. 나를 바라보던 여밈 교수 입가에 살며시 미소가 번진다. 그리고 바로 장 마담을 따라 나간다.

다리에 힘이 풀린다. 나도 모르게 긴 한숨이 나온다.

그렇게 길고도 조용한 하루를 마감하며 힘없이 쓰러진다.

몸이 무겁다.

나는 깊은 잠에 빠진다.

나의 배팅
Gambling my life

우당탕탕. 시끄러운 소리에 잠이 깬다. 다들 분주하다. 뭔가 큰일이라도 난 듯하다. 어제 내가 잭에게 한 이야기가 발각된 걸까? 두려움이 앞선다. 하지만 나를 찾는 사람은 없었다. 모두들 짐을 싸는 건지 뭔가 바빠 보인다. 그때 여밈 교수가 들어왔다. "다들 조용히 밖으로 나와서 가이드 따라 움직이세요." 표정을 보면 모르겠는데 목소리가 평소와는 달랐다. 긴장감이 있는 약간 떨리는 목소리다.

어차피 개인 물건 자체가 없었기 때문에 몸만 나가면 된다.

복도로 나가 보니 이미 여자들이 나와 있었고 덩치 큰 남자들이 왔다 갔다 전화를 통해 무언가를 지시받고 있었다. 여자들을 한 줄로 세워 엘리베이터를 태웠다. 어디로 가는 걸까? 빠르게 움직이는 엘리베이터 때문에 현기증이 나 속이 울렁거린다. 우리를 또 어디로 데리고 가는 걸까? 불안함과 두려움이 가득할 때 남자들은 우리가 처음으로 왔던 사우나로 끌고 왔다.

뭐지?

지하 사우나로 모두 모이자 먼저 와 있던 그 의사가 갑자기 발찌를 한 명씩 다시 풀기 시작했다.

뭔지 모르지만 대단히 큰일이 난 듯하다.

발찌를 거의 다 풀 무렵 밖에서 사이렌 소리가 요란하게 들렸다. 장 마담이 급하게 걸어가더니 누군가의 귀싸대기를 때린다. 얼마나 소리 가 컸던지 모두가 숨을 참고 지켜보고 있었는데 뺨을 맞은 여자의 얼굴 을 보니 헉! 우연이었다. 내 친구 우연이. 란제리 가운 차림의 우연이 는 장 마담에게 맞으면서도 눈 하나 깜짝하지 않았다. 약이 오른 장 마 담이 뭐라고 하는데 알아들을 수가 없었다.

그때 남자들이 달려와서 장 마담에게 뭐라고 이야기를 한다. 건물에 불이라도 난 걸까 생각했다. 남자들이 여자들의 손을 묶고 두꺼운 테이 프를 들고 와서 우리들의 입을 한 명씩 틀어막는 걸 보고 나는 알았다.

경찰이다! 경찰이 온 거다! 맞다!

잭이 경찰을 보낸 걸까? 아니면 지홍 오빠가 나를 찾아 낸 걸까. 심장 이 미친 듯이 빨리 뛴다. 어쩌면 여기서 살아 나갈 수도 있겠 다는 희망 이 꿈틀거린다. 이게 기회라면 나는 절대로 놓치지 않을 거다. 어떻게 든 여기서 나가야 한다.

장 마담이 갑자기 왔던 길로 남자 둘만 남긴 채 다시 돌아가는 게 보 인다.

컴컴한 터널 속으로 모두를 밀어 넣고 여밈 교수가 마지막으로 문을 닫는다.

쫙! 하는 강력한 소리가 났다.

이 어두운 터널을 다시 돌아갈 거라는 걸 꿈에도 생각하지 못했다.

왔던 때와 마찬가지로 땀범벅이 되어 끝없이 걸었고 처음 우리가 잡혀 왔던 곳으로 왔다.

복도 끝 창고 같은 곳으로 몰았다. 순간 도살장으로 끌려 들려가는 소와 돼지의 마지막 느낌이 어떨지 상상이 갔다. 희망의 끝자락에 선 벼랑인지 벼랑 끝자락에 선 희망인지 알 수가 없었다.

오래된 가구가 가득한 곳에 모두 앉으라고 남자가 소리쳤다. 그리고는 기다란 막대기를 들고 오더니 "여기서 딴생각을 한다거나 쓸데없는 짓 했다가는 바로 죽을 줄 알아!"라고 말하더니 막대기로 앞에 있던 여자의 머리를 친다. 여자 이마에 파란 자국이 생겼다. 뭐지? 하는 순간 막대기는 당구대고 이마에 묻은 건 초크 같았다. 이 상황에서 남자들은 뭐가 웃긴지 여자를 보며 미친개처럼 웃었고 의자를 움직이고 있던 남자가 우리를 보며 한마디 했다. "야! 서로 힘 빼지 말고 조용히 있다가 나가서 하던 거 그냥 하자!" 소리를 친다.

모두가 조용했다. 너무 조용해서 숨소리조차 들리지 않았다.

그리고 시간이 꽤나 흘러갔다.

한 여자가 끙끙거리며 남자에게 할 말이 있는 듯 쳐다본다.

남자는 귀찮다는 듯 "뭔데!" 하며 짜증을 낸다. 가까이 가더니 신경질적으로 테이프를 확 뜯어낸다.

여자가 얼굴을 찡그리며 말한다. "화장실……."

어이없다는 듯 "아… 씨발 귀찮아. 어쩌지?"라며 주변을 살펴본다.

남자가 당구대로 뭔가를 가리킨다. "아… 씨발 냄새 나잖아."라고 하
자 "여기서 사고 나면 니가 책임질래?"라고 대꾸한다. 잠시 후 남자가
들고 온 건 낡은 페인트 통이었다. 온갖 인상을 쓰며 여자에게 건넨다.
묶인 손으로 쩔쩔매는 여자를 보며 주머니에 손을 넣어 칼을 꺼내서 끊
어 준다.

여자는 얼마나 급했는지 빠르게 뒤쪽으로 가 치마 안에 속옷을 내리
고 소변을 본다.

그렇게 꽤나 오랫동안 앉아 있었다. 조용한 분위기가 갑자기 웅성거
리기 시작하며 다른 여자들도 한 명씩 일어나기 시작했다. 남자가 짜
증 섞인 목소리로 "야! 이년아 시원하냐? 볼일 다 봤으면 이리 오지. 아
휴…. 이 더러운 년들 아주 줄줄이 싸는구나! 줄줄이…."

때리기라도 할 것 같이 험상궂은 얼굴로 여자에게 다가갈 때 여밈 교
수가 들어왔다. "니들은 안 싸냐? 니들은 얼마나 깨끗한데?" 남자가 여
밈 교수를 보더니 뒤로 몸을 뺀다. 여밈 교수가 여자들에게 말한다. "볼
일 보고 싶은 사람 모두 일어나세요!" 말이 떨어지자 대부분의 여자들
이 일어났다. 남자를 쳐다보며 "저기 가서 큰 통으로 두어 개 더 들고
와!"라고 명령하자 남자는 군말 없이 가서 통을 들고 온다. 급한 여자들
이 빨리 손을 풀어 달라며 남자에게 달려갔고 나머지 여자들도 자기 순
서를 기다렸다.

여밈 교수를 아주 자세히 가까이 본다. 나이가 제법 있어 보였다. 처음에는 30대 중반 정도라고 생각했는데 말투나 행동 그리고 남자들의 쩔쩔매는 것을 보면 그 이상일 듯하다. 어떤 상황에서도 침착했고 모두에게 존댓말을 하고 이곳 그 누구보다 인간적인 냄새가 났다. 말로 할 수 없는 어두운 그늘이 얼굴에 있었고 그래서 냉정하고 단단해 보였다. 순간 나와 눈이 마주쳤다. 나도 모르게 움찔한다.

칼을 들고 나에게 가까이 온다. 헉! 나를 여기서 죽일 것인가….

어…. 칼로 손을 풀어 준다. 그리고 말한다. 소변을 보고 싶으면 줄을 서라고. 아…. 긴장이 풀린다.

모두들 소변을 보고 다시 자리에 앉았다. 그대로 바닥에 눕는 여자, 다리를 부여잡고 움츠려 우는 여자들 속에 나는 가만히 앉아 있다. 저쪽에 우연이가 보인다. 최대한 눈을 마주치지 않으려고 노력한다. 우연이를 이 지경으로 만든 장본인이 나라는 생각에 우연이를 차마 볼 수가 없었다.

만약, 오늘이 우리가 도망갈 수 있는 날이 된다면 난 나의 모든 힘을 다해 이곳을 탈출할 거다. 그리고 그럴 수만 있다면 우연이의 삶을 돌려놓고 나의 죄를 달게 받을 거다. 아니 죽음을 각오하고 우연이를 탈출시킬 생각이다.

남자들이 왔다 갔다 하는 모습을 보면서 분명히 입구가 있을 거라는 걸 확신한다. 어떤 상황에서도 꼭 찾아내야 한다.

한 시간이나 지났을까.

한 남자가 여밈 교수에게 "누나 배고프다!"라고 입을 열었다. 남자를 보며 여밈 교수는 "참아. 곧 연락이 올 거야. 기다려…!" 순간 뒤에 있던 남자의 전화기가 울렸다. 전화를 받으며 당황해하는 기색이 역력했다.

바로 여밈 교수가 전화기를 받아 누군가의 이야기를 듣더니 한마디 말없이 전화기를 끊는다. 바로 남자들에게 무슨 이야기를 하더니 돌아선다. "모두 다시 건물로 돌아갑니다. 빨리빨리 움직여 주세요!"라고 하자 여자들이 일어났다. 남자들은 낡은 페인트 통을 들고 어디론가 나간다. 나는 그 남자들이 어디로 이동하는지 뚫어지게 관찰한다.

우리 모두 한 줄로 서서 창고에서 밖으로 나가기 시작한다. 천천히 주위를 살피면서 다른 입구를 찾아보고 있을 때 밖에서 개 짖는 소리가 크게 났다.

뭐지? 하는 생각을 하기도 전에 경찰차 소리가 났고 누군가 자물쇠를 흔드는 소리가 들렸다. 그리고 또다시 개가 짖는 소리가 들린다. 우리를 경찰이 찾는 게 확실하다.

눈을 감는다.

모든 집중력을 동원해서 자물쇠 소리가 난 입구가 어디인지 상상한다.

입구는 가까운 게 확실하다.

왼쪽…. 뒤로 가면 있는 게 확실하다.

여기에 우리가 있다고 소리치고 싶었다. "살려 주세요!!!!!! 모두 여기 있어요!"라는 말이 나오기 전 나는 먼저 튀어 나갔다. 왼쪽으로 나가 뒤로 미친 듯이 뛰어간다. 그때 무엇인가에 얼굴을 부딪쳐 그 자리에 널브러졌다. 입구가 바로 앞에 보이는데 철창이 쳐 있었다. 빨리 일어나 철창을 흔들어 보지만 순간 느꼈다. 열쇠로 열기 전까지는 절대 열리지 않을 것이라는.

소리를 지른다. "여기 사…."라고 할 때 뒤에서 내 입을 거칠게 틀어막는다. 몸부림을 치며 빠져 나오려고 한다. 내 힘으로는 어림없다. 그렇게 다시 남자에게 끌려 여자들 속으로 왔다. 나뿐만이 아니라 또 다른 여자도 한 명 있었다. 죽도록 맞을 거라는 생각을 했지만 개 소리와 경찰들의 소리에 남자들은 얼이 빠진 듯 그 자리에 서 있다. 때는 이때다. 다시 왔던 그곳으로 뛰어간다. 그리고 목청이 터지도록 소리를 지른다. "살려 주세요!!!!! 여기예요!!!" 남자들이 달려와서 내 머리카락을 쥐어 잡고 끌고 간다. 그때 밖에서 큰 소리가 들렸다. "안에 사람이 있다." 사이렌 소리와 함께 더 많은 개들이 짖었다.

다시 끌려온 나는 수도 없이 맞는다. 셀 수 없이 매를 맞는다. 아프지 않다. 전혀 아프지 않다. 경찰에게 우리가 어디에 있는지 내가 알렸다. 그걸로 충분하다. 이제 됐다.

움직일 수가 없다. 그대로 바닥에 누워 있다. 남자들의 광기 섞인 목소리와 발길질….

전혀 아프지 않다. 다만 머리가 무거워질 뿐이다. 눈이 감길 것 같다.

누군가 내 앞에 서서 나를 보고 있다. 직감적으로 알았다. 우연이다. 내 친구 이우연.

우연아…. 미안해.

그때 우두둑하는 소리가 들린다. 내 몸에서 나는 소린 것 같다. 순간적으로 나는 알았다. 이렇게 내 삶은 여기서 마감되는 것을….

몸이 늘어진다. 온몸에 힘이 빠진다.

하지만 눈을 감지 않았다. 그렇게 다시 왔던 길로 돌아가는 여자들 속에서 우연이를 마지막으로 바라본다. 멀어져 가는 사람들 속에 남자가 다시 돌아와 나에게 침을 뱉는다. "씨발 재수 없는 년." 순식간에 나를 들어 어디론가 이동한다. 그리고 나와 또 다른 여자를 바닥에 내리쳐 던진다. 다른 남자가 무언가를 뿌린다. 기름일까? 모두 태워 버릴 건가….

몸이 가벼워진다. 깃털처럼 가볍다.

모두 떠나고 나와 다른 여자 한 명만 남았다. 여자는 미동이 전혀 없다.

그래…. 이 세상 마지막 가는 길.

혼자 가면 외로우니까 나와 함께 가요.

눈알을 굴려 여자의 얼굴을 보려고 했지만 볼 수가 없었다. 왜냐하면 여자의 얼굴은 이미 부서져 없어졌기 때문이었다. 무섭다는 생각이 안 든다.

엄마가 생각난다.

내가 버리고 온 엄마. 무서워서 엄마를 볼 수 없었던 그날 엄마는 나를 얼마나 기다렸을까….

마지막…. 자신의 마지막. 그날 나를 얼마나 기다렸을까….

엄마 나를 용서해. 이제 엄마를 만날 수 있어….

스르륵 눈이 감긴다.

하늘에서 빛이 내려온다. 눈이 내린다

어! 아빠? 아빠야? 아빠가 나를 보며 두 팔을 벌리며 걸어온다. 행복한 미소가 얼굴에 가득한 아빠가 나를 만져 준다. "우리 이쁜 딸 민지. 아빠의 전부 우리 딸 민지!" 따뜻하고 포근함을 느낀다. 얼마 만에 느끼는 따뜻함인가. 그때 엄마의 목소리가 들렸다. 엄마? 아…. 엄마가 나를 부르지만 돌아보지 못했다. 엄마가 나를 다시 부른다. 돌아서서 용기를 내어 엄마에게 미안하다고 말해야 한다. 하지만 몸이 전혀 움직이지 않는다. 입을 열 수가 없다.

왜지….

컹! 컹!!!!!!! 개가 가까이 있는 거 같다.

누군가 나를 흔들어 깨운다. 우르르 사람들이 쏟아져 들어온다. 내 주위를 살피더니 소리친다. "빨리! 빨리! 여기 의사 불러! 빨리!"

우당탕 소리가 난다. 나를 보던 사람이 "숨은 붙어 있나?"라고 한다. 먼저 왔던 사람이 "아직 희미하게 심장이 뛰고 있습니다."

그게 내 기억의 나의 마지막 날이었다.

빛

The light

아침부터 아저씨가 나를 씻겨 준다. 잘 모르는 아저씨인데 참 친절하다. 아저씨는 가족이 없는 것 같다. 왜냐하면 매일 나랑 함께 있어 주기 때문이다. 아저씨 집은 어딜까? 왜 집에 안 가고 나를 씻겨 주고 먹여 주고 공부도 가르쳐 줄까?

내가 커서 어른이 되면 결혼해 달라고 한다. 아저씨는 나를 좋아하나 보다.

사실 나도 아저씨가 좋다. 손톱에 예쁜 색깔도 칠해 주고 빨간 머리 핀이랑 리본도 달아 준다.

하지만 나를 보면서 울 때도 있다. 아저씨는 슬픈가 보다. 왜 슬픈지 모르지만 아저씨가 슬픈 날은 나도 슬프다. 내가 울면 아저씨는 더 슬퍼한다. 그래서 슬퍼하면 안 된다. 왜냐하면 아저씨는 좋은 사람이고 좋은 사람은 슬프면 안 된다고 우리 미술 선생님이 그랬다.

오늘 미술 선생님이 오는 날이다. 일주일에 두 번 오는데 맛있는 것도 많이 사 주고 동화책도 읽어 준다. 나는 미술 선생님이 좋다. 미술 선생님은 아저씨를 지홍이라고 부른다.

둘은 친한 거 같은데 서로 만나면 말이 없다. 싸우면 나쁜 사람인데 싸우고 그런 건 아니겠지.

저기 미술 선생님이 내 선물을 사 가지고 온다.

지홍 아저씨가 내 의자 바퀴를 밀어 준다. 손을 들어 인사하고 싶지만 팔이 올라가지 않는다.

그래서 나는 소리친다.

"이우연 선생님!!!!!!!!!!"

엄마는 나쁜 년이다 2

ⓒ 여리사, 2023

초판 1쇄 발행 2023년 7월 24일

지은이   여리사
펴낸이   이기봉
편집   좋은땅 편집팀
펴낸곳   도서출판 좋은땅
주소   서울특별시 마포구 양화로12길 26 지월드빌딩 (서교동 395-7)
전화   02)374-8616~7
팩스   02)374-8614
이메일   gworldbook@naver.com
홈페이지 www.g-world.co.kr

ISBN   979-11-388-2149-0 (03810)